LE VOYAGE SUR LE NIL

LE VOYAGE

CHRISTIAN JACQ

SUR LE NIL

Le Nil est une divinité androgyne aux mamelles pendantes, source de toute joie et de toute fertilité. (Temple de Ramsès II à Abydos)

LIBRAIRIE ACADEMIQUE PERRIN

Réalisation
et mise en pages :
ALAIN DA CUNHA

Photographies :
INSTITUT RAMSÈS

La façade du grand temple d'Abou-Simbel, gardée par quatre colosses assis représentant Ramsès II divinisé. Au-dessus de la porte qu'encadrent deux élégantes statues de Néfertari, la « grande épouse royale », se trouve le maître du temple, le dieu à tête de faucon qui symbolise le soleil levant.

Dépôt légal : juillet 1990
Numéro d'éditeur : 790
ISBN : 2-262-00461-7

INTRODUCTION

Le voyage d'Égypte est le plus beau des cadeaux offert à l'homme d'aujourd'hui. Parfois, je me prends à penser que l'avion n'a été inventé que pour nous permettre de quitter brumes et froideurs et de nous rendre au plus vite sur cette terre de lumière où, de notre vivant, nous entrons en contact avec l'éternité. Chacun ressent pendant ce voyage les plus profondes émotions. Il y a, bien sûr, le dépaysement, le charme de l'Orient, la sortie hors de l'apparence et du temps qui fuit. Il y a surtout la rencontre avec plusieurs millénaires d'une civilisation qui a tout créé.

On ne « visite » pas l'Égypte. Elle pénètre en nous, elle nous habite, elle nous séduit par sa magie, comme elle a envoûté Bonaparte, Champollion ou Gérard de Nerval, comme elle a charmé tous les voyageurs célèbres ou inconnus. Dans ce pays, immense sanctuaire formé de temples et de lieux sacrés égrenés sur les deux rives du Nil, le passé n'est pas œuvre morte mais éternel présent d'une conscience vitale qui nous est aussi indispensable que l'air et la nourriture.

La réalité physique ? Un pays en forme de fleur de lotus, dont la corolle forme le Delta, la terre de l'Abeille et de la couronne rouge, et la tige la vallée du Nil cheminant entre désert libyque et désert arabique, la terre du Roseau et de la couronne blanche. Si l'Égypte occupe approximativement un million de kilomètres carrés, seule une petite partie de cette surface, 5 % environ, est cultivée. La vallée n'atteint que vingt-cinq kilomètres dans sa plus grande largeur. Nous sommes en présence d'un paradis au cœur d'un désert.

Sur les bords du Nil règne la puissante magie d'une civilisation qui sut attirer les dieux et les faire vivre sur la terre. Chaque parcelle du sol, chaque pierre des temples sont encore porteuses des rites, des chants, des danses, des mystères célébrés pendant des millénaires. Comme l'avait si bien perçu Champollion, en Égypte tout est hiéroglyphe. Autrement dit, tout est parole divine. Ces signes sacrés trouvent d'ailleurs leurs correspondances dans la nature : le palmier est symbole de la douceur, le papyrus de la croissance, l'eau du fleuve de l'énergie qui circule dans l'univers comme dans le corps de l'homme.

Beaucoup de peintres, qui avaient cru à l'uniformité du paysage égyptien, ont été découragés par l'incroyable variété des lumières tout au long d'une journée. Voyager sur le Nil, c'est partir à la découverte de ceux qui ont perçu les lois de la résurrection et de l'immortalité de l'âme, créé l'écriture sacrée et l'architecture, inventé l'agriculture et la vigne, célébré la vie pour en faire un « jour heureux ».

Le Nil demeure le messager de ce bonheur sans âge, le gardien bienveillant de ce paradis où il entraîne le voyageur, d'émerveillement en découverte.

Et voici qu'approche l'heure rêvée du départ, voici que l'espace d'un livre tente d'abolir le temps ; nous voici sur le bateau qui ne cesse de descendre et de remonter le Nil.

D'ABOU-SIMBEL A ASSOUAN

Abou-Simbel, le rêve réalisé du « pharaon triomphant », Ramsès II, et de sa « grande épouse royale », la belle Néfertari, au cœur de la Nubie. Abou-Simbel sauvé des eaux du lac Nasser qui recouvrent aujourd'hui cette belle province du Sud dont les Égyptiens avaient fait un protectorat privilégié. Abou-Simbel, où le père de l'égyptologie, Jean-François Champollion, vécut des heures d'émotion intense et où le voyageur d'aujourd'hui prend contact avec la puissance et la grâce de l'architecture ramesside.

Le site unit à jamais le « grand temple » du pharaon et le « petit temple » de son épouse qui mourut sans doute peu de temps après l'achèvement du sanctuaire que lui dédia le grand Ramsès, peut-être même au terme du voyage d'inauguration.

Le splendide isolement d'Abou-Simbel

Ramsès II se fit souvent représenter sous la forme de colosses, dont les plus célèbres sont précisément ceux d'Abou-Simbel. A l'aspect triomphal qui se dégage de leur masse imposante s'ajoute la sérénité d'un sourire que le ciseau du sculpteur a su restituer avec une extraordinaire finesse. Ces colosses, auxquels un culte était rendu, incarnent la victoire de l'ordre sur le chaos,

Vue du lac Nasser sur le site d'Aboul-Simbel. La mise en fonction du haut barrage d'Assouan a fait disparaître sous les eaux la Nubie, province qu'affectionnait particulièrement Ramsès II. Il y avait fait ériger ou restaurer de nombreux temples.

Façade du temple de la reine Néfertari, « grande épouse royale » de Ramsès II, à Abou-Simbel. Ce sanctuaire est indissociable du « grand temple » du pharaon ; à eux deux, ils reconstituent le couple royal qui, par son union, garantit la prospérité du pays.

Dans le désert au sud d'Assouan, sur la route d'Abou-Simbel, apparaît parfois une « communauté de chameaux », guidé par le plus ancien. Des hommes paisibles entourent leurs bêtes, avançant d'un pas lent et régulier pour se rendre jusqu'au grand marché de Kom-Ombo où les quadrupèdes seront vendus.

L'île magique de Philae, sanctuaire de la déesse Isis, souveraine des étoiles. Le temple, dont on craignait la destruction en raison de son immersion pendant plusieurs mois de l'année, a été démonté et reconstruit sur un îlot rocheux, retaillé avec soin pour ressembler au site primitif.

celle de la lumière sur les hordes du mal.

Abou-Simbel est un site théologique dans toute sa pureté. Ramsès II l'a voulu splendide dans son isolement, au cœur de la lointaine Nubie, sans aucun village aux alentours.

De la Nubie vers la porte de l'Égypte

Ses 6 671 km font du Nil le plus long fleuve du monde. Autrefois, il offrait à l'Égypte le miracle annuel de la crue, déposant un limon nourricier qui permettait l'abondance au sein d'un territoire désertique. « Unique qui se crée lui-même », d'essence inconnue aux humains, le Nil céleste s'est manifesté par un fleuve terrestre porteur de toute fertilité.

Aujourd'hui, pour atteindre Philae, la porte divine de l'Égypte, il faut franchir le désert du Sud où passent avec lenteur et majesté des chameliers et leurs bêtes, guidées par un vieux mâle, pour gagner les marchés de Haute-Égypte.

Philae, « la belle extrémité de l'Égypte et la limite de la terre reculée des Éthiopiens », perle du pays, île enchantée, est le plus beau sanctuaire d'Isis la magicienne. Afin de le sauver d'une disparition définitive sous les eaux après la mise en service du haut barrage, on a démonté le temple pour le reconstruire sur l'îlot d'Agilkia. Le pharaon Nectanébo Ier, qui régna pendant la XXXe et dernière dynastie, fit ériger un admirable ensemble d'édifices sur un îlot verdoyant peuplé de palmiers et de mimosas. Les blancs monuments de grès rayonnent toujours sous la lumière d'un ciel bleu éclatant, au cœur d'un site aride, cerné de roches brûlées se reflétant dans les eaux du Nil.

Le petit temple de la déesse Hathor sur le site de Philae. C'est là qu'était joyeusement accueillie la « déesse lointaine » lors de son retour de Nubie. Grâce aux chants harmonieux et au rythme des danses, la lionne dangereuse se transformait en douce chatte et en femme au merveilleux sourire.

Le grand temple d'Isis se caractérise par des chapiteaux d'une extraordinaire variété et par une architecture savante refusant la ligne droite et le parallélisme, provoquant tout au long de la journée des jeux d'ombre et de lumière. Cours, salles couvertes, cryptes, terrasses sont les notes d'une partition sacrée qui permet d'entendre, à chaque pas, la voix de la déesse Isis, source de vie, Mère qui dirige les rites de résurrection et commande aux étoiles.

Comment ne pas s'émerveiller devant le kiosque de Trajan aux lignes si pures, sur le côté est de l'île, qui servait de reposoir pour la barque d'Isis lors des processions ? Comment ne pas

Le kiosque de Trajan à Philae. Colonnes et murs puissants, mais silhouette élancée font de cet édifice l'un des chefs-d'œuvre de l'époque tardive et l'un des ornements les plus célèbres de l'île d'Isis. Lors des processions rituelles, il servait de reposoir pour la barque sacrée de la déesse dont l'apparition était source de festivités.

songer au retour de Nubie de la déesse lointaine dans le petit temple de Hathor, « l'enclos de l'accueil », où le dieu Bès frappe du tambourin et joue de la harpe pour apaiser la lionne furieuse et la transformer en une magnifique jeune femme recréant l'Amour ? Comment ne pas se recueillir dans le *mammisi*, le temple de la naissance de l'enfant divin, où Isis donnait naissance à Horus pour sauver le monde ?

Philae la sacrée

Philae la souriante est aussi un lieu de mystères. Vu de loin, le temple ressemble à une forteresse. De fait, il est protégé par une série d'incantations gravées en hiéroglyphes sur ses murs afin d'écarter les profanes.

Depuis toujours, ce site, qui correspond à une rupture géographique en raison de la proximité de la première cataracte, ensemble de roches rendant à certaines époques de l'année la navigation impossible, a été considéré comme sacré. Non loin de l'île d'Isis se trouvait celle d'Osiris où nul mortel, s'il n'avait été initié aux mystères, ne pouvait poser le pied. Tous les dix jours, Isis venait rendre visite à son époux pour lui offrir une libation de lait. De la survie d'Osiris dépendait l'inondation : elle s'écoulait en effet de son corps reconstitué. De l'amour des dieux dépendait le bonheur des hommes.

La fin d'une époque

Philae demeure pour moi le lieu de la nostalgie suprême. C'est là, en effet, que fut gravé le dernier texte hiéroglyphique en 437 après J.-C. Ce temple fut le dernier à célébrer les rites de l'Égypte pharaonique, à initier prêtres et prêtresses aux anciens mystères jusqu'en 550, année où l'empereur Justinien le ferma par la force.

Lorsque le soleil se couche sur Philae, ce sont plusieurs millénaires de civilisation qui vous emplissent le cœur. Isis, qui prenait volontiers la forme d'un oiseau, déploie ses ailes, écartant toute tristesse. Philae est vivante. Philae demeure ce lieu exceptionnel où le Nil, en tant que force

Le contraste est saisissant entre le site ancien, les rochers arides émergeant de l'eau et les marques du progrès et de la modernité visibles dans le lointain. Du haut du temple, on goûte encore la rugueuse sérénité d'une solitude divinisée au pied de laquelle s'échouent les conquêtes du haut barrage.

divine, fit l'objet d'une vénération particulière. Dans l'enceinte même du temple était représentée la source du fleuve dont on célébrait l'action nourricière par un hymne. La barque des dieux, avait déjà indiqué Champollion, navigue sur le Nil céleste, fluide primordial, principe de toutes les choses physiques d'après la philosophie égyptienne. Voici bien l'enseignement majeur du voyage à Philae, du passage de cette porte sacrée sur laquelle continue de veiller la grande magicienne : découvrir le secret du Nil, prendre conscience du flux vital incarné par ce fleuve unique, se laisser ravir par lui pour parcourir les chemins du ciel et de la terre.

Isis a donné la vie aux pierres de son temple. Elle a créé un envoûtement bénéfique qui traverse les âges sans rien perdre de sa puissance. Philae sourit. Et ce sourire-là est celui d'une déesse qui sut vaincre le néant.

Barrage sur le Nil

Assouan, frontière traditionnelle marquant depuis toujours la limite de la terre d'Égypte, a conquis une nouvelle notoriété en raison de la présence d'un monumental « poste de douane », le haut barrage. Avec ses 43 millions de m³ et ses 980 m de large à la base, il est le plus grand barrage-poids du monde. Bienfait ou malédiction ? Les avis demeurent très partagés. Ce qui est certain, c'est que le haut barrage a déjà modifié l'écologie et le climat du pays, en supprimant totale-

ment la crue du Nil, l'un des plus extraordinaires phénomènes naturels que les pharaons avaient apprivoisé par une série de petits barrages.

Se promener en barque entre les deux barrages permet de découvrir un paysage étrange, presque angoissant, une terre de fin des temps avec des berges aux couleurs noires et blanches, parsemées de rochers qui composent un tableau lunaire.

Par bonheur, Assouan n'est pas loin. Découvrir « la tête de l'Égypte », le site de la première province de Haute-Égypte, me procure toujours un indicible bonheur. Son cœur antique est Éléphantine, « ville au centre du fleuve », placée sous l'autorité du dieu bélier Khnoum, le potier qui crée tous les êtres sur son tour. C'est là que se trouve la grotte mystérieuse d'où naît le Nil, divinité aux mamelles pendantes qui tient en main deux vases, l'un contenant l'eau céleste et l'autre l'eau terrestre. Khnoum maintient le flot sous sa sandale. Si les rites étaient correctement effectués, il offrait aux Égyptiens une inondation bienfaisante.

Les charmes du Sud

Assouan est ville frontière. Le tropique du Cancer traverse la cité, la première cataracte la sépare du Grand Sud. « Cataracte » est un mot quelque peu pompeux pour une succession de rochers donnant l'image d'un chaos difficile à franchir. La réalité physique est bien marquée, la réalité administrative ne l'était pas moins puisque les pharaons avaient installé ici une douane et un poste frontière vigilants.

Au marché d'Assouan, animé par une population bigarrée, on vendait des produits exotiques, de l'ivoire, de l'ébène, des épices, des aromates ; on s'amusait au spectacle de crocodiles empaillés, certes moins attrayants que les jolies Nubiennes aux cheveux tressés.

Éléphantine demeure une île fleurie où l'on découvre les vestiges du temple de Khnoum. On y goûte un charme inoubliable, celui d'un Orient aux couleurs africaines, celui d'un pays de tendresse, fruit du mariage entre la civilisation des pharaons et le puissant

Les tombes des princes d'Assouan, dont certains furent de grands explorateurs, s'enfoncent profondément dans la falaise. Au fond du couloir, un mur peint représentant le ressuscité prenant part à un éternel banquet où les nourritures sont perpétuellement servies. En haut et à gauche, au-dessus du béatifié assis, on remarquera la figuration d'un éléphant, symbole de la cité d'Éléphantine.

Pendant qu'une jeune fille fait la lessive dans l'eau du Nil, l'âne, le courageux et docile grison d'Égypte, celui que Champollion qualifiait de « l'un des plus admirables animaux de la création », se restaure et prend un peu de repos avant de retourner au travail.

attrait du Grand Sud. Sous un soleil absolu, la beauté de l'île du début du monde, le souvenir des jardins anciens, la vision des tombes de la rive ouest procurent une émotion profonde, inclinant l'âme vers une méditation naturelle dans la lumière immobile du ciel et la clarté changeante du Nil.

Des princes, des aventuriers, des tombeaux

Assouan était une ville riche et prospère. Granit, grès, diorite et quartz furent extraits de ses carrières, exploitées depuis l'Ancien Empire. Quelle que soit la nature du monument — temple, stèle, statue — nécessitant l'emploi du granit, et quelle que soit la distance à parcourir, maîtres d'œuvre et tailleurs de pierre venaient le chercher à Assouan dont le chantier naval fabriquait chalands et bateaux de transport adéquats.

Aujourd'hui, il est encore possible d'apprécier l'art des marins égyptiens en montant sur l'une des felouques à la voile blanche et à la silhouette élancée qui glissent sur l'eau du Nil avec une grâce souveraine. Le voyageur ne saurait se priver de cette joie simple, mais ô combien profonde qui permet de se familiariser avec le fleuve divin, de découvrir ses courants, de passer d'un îlot rocheux à l'autre. Avoir participé à une course de felouques, au cours de laquelle les barreurs s'apostrophent en prenant parfois des risques réels, offre des souvenirs parsemés de quelques frissons. Le plus grand exploit qu'il m'a été donné d'accomplir sur les eaux du Nil fut de passer, en pleine course, d'une felouque à l'autre. Dans leurs joutes rituelles, les anciens Égyptiens se montraient, certes, plus téméraires encore !

Les larmes d'Isis

Les princes des hautes époques furent de remarquables administrateurs. Grâce aux nilomètres, ils surveillaient le phénomène vital de la crue. Si elle était insuffisante, c'était la famine. Si elle était trop forte, elle détruisait. Cette crue, dit le mythe, était déclenchée par les larmes que versait Isis, déplorant la mort de son époux Osiris, assassiné par son frère Seth. Elle commençait au mois d'août, inondant les champs jusqu'en septembre et déposant le limon fertile. Les eaux se retiraient vers la fin du

Éléphantine, l'île du bout du monde, était la capitale du premier « nome » de Haute-Égypte, marquant la frontière entre le pays des pharaons et le Grand Sud. Depuis la rive ouest, aride et désertique, on découvre le site verdoyant de l'Assouan moderne, de l'île aux fleurs et de l'antique Éléphantine où subsistent les vestiges d'un temple de Khnoum, maître de la crue.

mois d'octobre, les paysans commençant alors à cultiver une terre riche. En avril étaient ouverts les bassins d'irrigation.

Dans la bibliothèque du temple de Khnoum étaient conservés de très précieux livres sacrés, ceux qui enseignaient les formules rituelles que les prêtres devaient prononcer pour demander au dieu à tête de bélier de soulever sa sandale et de laisser s'écouler dans la vallée le flot nourricier.

Depuis la cité moderne ou depuis l'île d'Éléphantine, on aperçoit quelques taches noires dans la falaise de la rive d'occident. Ce sont des entrées de tombeaux. Vers

Entre les deux barrages dont la construction a fait disparaître le phénomène de la crue du Nil, le fleuve prend d'étranges reflets argentés. Les berges composent un surprenant paysage de fin des temps, sorte de désert lunaire où dominent le gris et le noir, mêlés dans une palette presque angoissante.

Ces jardins enchanteurs d'une des berges de l'île d'Éléphantine évoquent la beauté et la douceur de vivre qu'appréciaient tant les anciens Égyptiens, grands amateurs de visions fleuries et verdoyantes, sachant utiliser au mieux les bienfaits du Nil.

Felouques à Assouan, dansant dans le vent et jouant avec les courants, souvent puissants, voire dangereux. L'habileté de ces marins, héritiers d'une tradition millénaire, fait l'admiration de tous ceux qui empruntent ces embarcations légères et rapides.

certaines d'entre elles montent des rampes qui permettaient de haler le sarcophage.

Les mines d'or de Nubie

Le site n'accueille qu'assez peu de visiteurs. Il faut s'y rendre en felouque puis grimper jusqu'aux dernières demeures de ceux qui furent les gloires d'Éléphantine. Parmi eux figurent des explorateurs de haut vol qui s'aventurèrent dans le Grand Sud dès les époques anciennes afin d'en découvrir les richesses et d'y tracer les pistes pour pouvoir exploiter la principale richesse de la Nubie, les mines d'or. Un nom doit être retenu : celui de Hirkhouf, grand voyageur devant les dieux.

Hirkhouf n'avait peur de rien et il était prêt à toutes les aventures pour réjouir le cœur de son maître, le pharaon. Parlant des dialectes africains, placé à la tête d'un véritable corps expéditionnaire, Hirkhouf s'enfonça loin en terre africaine. A lui de remplir de nombreux blancs sur les cartes des explorateurs et de rapporter au roi des rapports détaillés sur les ressources économiques du Grand Sud. « On ne connaît pas d'ami unique, dit un texte de son tombeau, de chef des interprètes qui soit allé aussi loin auparavant. »

Hirkhouf fut récompensé de son courage. Quel fabuleux spectacle offrait-il aux habitants d'Assouan lorsqu'il revenait chez lui, à la tête d'un cortège de trois cents ânes chargés de défenses d'éléphant, de bois d'ébène et de peaux de panthère ! Mais le plus grand succès d'Hirkhouf fut de ramener au tout jeune roi Pépi II un être fabuleux, extraordinaire, semblant venir d'un autre monde : un Pygmée ! Pendant tout le voyage de retour, l'explorateur veilla avec le plus grand soin sur son protégé. Parvenu en excellente santé à la cour du roi, le Pygmée exécuta devant Pharaon une danse rituelle qui réjouit au plus haut point le cœur du monarque.

اذكر ربك إذا
نسيت

Si aventurier soit-il, Hirkhouf est d'abord un Égyptien. Retrouver son pays est le plus grand des bonheurs. Élevé à de très hautes dignités, il goûte enfin le repos de sa somptueuse villa entourée de jardins et se prépare à la mort. Celle-ci l'attend sur la rive d'occident où la tombe a été préparée pour que le corps périssable soit transformé en être de lumière.

Hirkhouf repose auprès d'autres explorateurs. Ces tombes d'Assouan sont particulièrement impressionnantes dans leur austère simplicité. Certaines d'entre elles sont précédées d'une petite cour où s'ouvre l'entrée de la demeure d'éternité. Un long couloir s'enfonce dans le roc pour aboutir à une stèle aux vives couleurs où le ressuscité, assis devant une table d'offrandes, participe à un banquet où l'âme des justes ne sera jamais privée des nourritures célestes.

Souffle de vent, souffle des lèvres

Tamaris, palmiers, acacias, île aux fleurs, île d'Isis la magicienne, parfums du Grand Sud, felouques aériennes... Assouan est tout cela et bien plus encore. Le découvrir sous un soleil brûlant et implacable révèle sa fierté de « tête de l'Égypte », dressée dans une lumière ardente sans rien perdre de sa vigueur.

Il faut accepter cette lumière-là, savoir la domestiquer, fraterniser avec elle. Par son mariage avec le Nil, elle a donné vie à une civilisation, à une culture, à un peuple. Il faut prendre le temps d'errer dans les ruelles d'Assouan, sur les berges du fleuve, aborder en felouque près du village nubien, sur l'île d'Éléphantine, s'asseoir sur une pierre antique et regarder scintiller les eaux du fleuve.

La crue... Oui, c'est bien le souvenir de la crue, sans doute à jamais disparue, qui envahit la mémoire du voyageur.

Lorsque le soleil descend sur l'horizon, quand se lève le vent du crépuscule, gonflant les voiles des felouques, j'aime à demeurer sur la rive ouest, au sommet d'une des rampes menant aux tombeaux des princes d'Assouan dont les regards, ouverts pour l'éternité, continuent à veiller sur leur ville bien-aimée. Je lis avec respect leurs noms inscrits sur les piliers, je relis les textes qui demandent au voyageur d'exaucer la prière de ces sages : « Si vous voulez bien plier le bras dans le geste de l'offrande, au jour où Éléphantine est en fête, si vous prononcez mon nom : c'est là un service plus utile à celui qui le rend qu'à celui qui en bénéficie. Nulle fatigue n'en résulte, il ne s'agit que d'un souffle des lèvres. » Puisse ce souffle nous guider sur le Nil et nous faire admirer d'autres rives.

De l'île d'Éléphantine, il faut emprunter une felouque pour atteindre la rive d'occident où l'on distingue les entrées des tombes des princes de l'Ancien Empire, creusées dans la falaise. Ce lieu de solitude et de paix profonde, l'un des plus émouvants d'Égypte, est dominé par un tombeau musulman.

Pour haler le sarcophage depuis la berge jusqu'à la cour précédant la tombe, une longue pente très raide avait été tracée. De son sommet, les yeux éternellement ouverts du ressuscité contemplent la cité des vivants sur laquelle il avait régné.

D'ASSOUAN A LOUXOR

L'Egypte est un don du Nil. Sans lui, pas de prospérité possible, donc pas de civilisation. Le Nil procure aux hommes l'eau de vie, l'énergie première qui est au cœur de toute croissance.

D'Assouan à Louxor, le voyageur vit avec le fleuve, traverse avec lui les paysages de Haute-Egypte, adopte son rythme lent et majestueux. Il entre dans un autre temps, dans une durée sans âge qui est celle d'un fleuve-dieu dont le génie a nourri les âmes des pharaons. L'émerveillement est constant. Les rives offrent le spectacle d'une végétation tantôt radieuse et verdoyante, tantôt réduite à une étroite bande de verdure parsemée de bouquets de palmiers et de maisons groupées près de mosquées aux blanches coupoles.

Sur le Nil, les seuls événements qui comptent sont le passage des bateaux et des barques, surtout ceux aux voiles blanches, pointées vers le ciel bleu, accueillant les jeux du soleil. Depuis le temps d'Osiris, les Egyptiens ont voyagé sur ce fleuve, d'un village à l'autre, d'un temple à l'autre, d'une fête à l'autre

Double page suivante.
A gauche. *Depuis l'intérieur de la tombe, demeure d'éternité où règnent des ténèbres douces et silencieuses, à l'abri de l'ardeur du soleil, l'âme du glorifié jouit du spectacle du monde extérieur. Toute l'Egypte est contenue dans cette vision : l'au-delà et l'ici-bas ne sont pas séparés, une porte éternellement ouverte permet de passer de l'un à l'autre.*
A droite. *La rive occidentale d'Assouan, à l'heure qui précède le couchant, prend une couleur chaude, presque grave. Les traits sévères des rampes, menant à l'entrée des tombes, ressortent avec vigueur de la falaise. Un jour ensoleillé s'achève, un autre se prépare puisque les morts glorifiés continuent à veiller sur le Nil.*

Voyager sur ce fleuve, c'est s'aventurer dans un univers où les divinités sont présentes à chaque détour du chemin : Ptah, le dieu de Memphis, est caché dans les roseaux ; Sekhmet, la lionne terrifiante, dans les fleurs ; Ouadjit, le cobra protecteur, dans les lotus dont le jeune dieu Nefertoum, nouveau soleil, est la corolle épanouie. « L'homme est argile et paille, écrivait un sage d'Egypte, Dieu le construit chaque jour. » Voilà ce dont on prend effectivement conscience sur le Nil, père nourricier de l'esprit comme du corps.

De tout temps, le fleuve fut la route principale empruntée par les Egyptiens. Du plus frêle esquif en roseaux jusqu'au chaland chargé d'obélisques, un nombre considérable d'embarcations très variées circulait sur cette autoroute naturelle. Chaque grand temple disposait d'un débarcadère qui permettait de décharger matériaux, marchandises et denrées. Les Egyptiens connaissaient la roue depuis l'Ancien Empire, mais l'utilisaient fort peu sur leur sol, jugeant avec raison le transport par eau beaucoup plus commode que celui par voie terrestre. Lorsque le Nil débordait, au moment de la crue, les terres basses étaient inondées ainsi que la plupart des chemins. Ne subsistaient, hors de l'eau, que les buttes sur lesquelles étaient construits les villages, reliés entre eux par des digues. C'étaient ces dernières qui servaient d'étroits sentiers où allaient hommes et bêtes. La seule grande voie praticable, pour tous les types de transports indispensables à la vie économique du pays, c'était le Nil lui-même.

Que Hâpy nous soit favorable

Les Egyptiens appelaient le Nil physique « le fleuve » ; à l'esprit divin qui l'animait, ils donnaient le nom de Hâpy. On ne badine pas avec un esprit divin, surtout lorsqu'il est possesseur de l'eau sans laquelle l'indispensable irrigation de cultures serait impossible. C'est pourquoi, chaque année, Pharaon en personne dirigeait une cérémonie d'offrandes au dieu Nil pour attirer ses faveurs. Il concluait une alliance sacrée avec la force fécondatrice du fleuve, il célébrait avec elle un véritable mariage d'amour.

Charriant par an près de cent tonnes de sédiments provenant du plateau éthiopien, le Nil, assisté du soleil, ensemençait le sol qu'il avait inondé. Aux hommes de profiter de cette offrande divine. Pharaon, maître de l'Etat, est avant tout un chef de

HALLO
KLAUS

Le Nil est notre destin. « Toute forme née d'un ventre, prédit le sage, est appelée à disparaître, et cela depuis le temps du premier dieu. Les eaux coulent vers le nord, chaque homme va vers sa destinée. Fais donc un jour heureux. »

chantier. Sans une organisation du travail qui fut sans doute la plus « performante » de l'histoire de l'humanité, l'Egypte pharaonique n'aurait eu aucune chance de naître et de perdurer pendant plusieurs millénaires. Parmi les plus importants personnages du royaume figurent les administrateurs chargés de faire creuser et entretenir canaux et bassins d'irrigation. Le bien-être et même la survie de la population dépend de leur vigilance et de leur sérieux. Pour élargir la superficie inondable, donc les cultures elles-mêmes, ils font ériger des digues pour réguler les apports d'eau et suppléer le Nil lorsqu'il regagne son lit. Dans les bassins, dont certains de grande taille, l'eau de la crue est conservée. Puis l'on procède au percement des digues dès que l'apport de cette eau se révèle nécessaire.

Tout cela nécessitait un « grand patron » d'une envergure exceptionnelle et un corps d'hommes de métier d'une parfaite compétence dans de nombreux domaines : prévision de la crue, établissement de statistiques comparatives, étude approfondie du calendrier et des phénomènes climatiques, mise au point d'appareils de mesure, génie civil de haute qualité. Dans ce domaine comme dans tant d'autres, l'Egypte ancienne apparaît comme une civilisation de savants géniaux qui surent utiliser au mieux les ressources naturelles qui leur étaient offertes.

Le Nil est homme et femme

Hâpy leur fut favorable, certes ; mais ils avaient su trouver la bonne méthode pour l'apprivoiser et gagner son amour.

Hâpy, le génie du Nil, n'est ni masculin ni féminin. Il est homme ET femme, androgyne. Portant sur la tête une coiffe composée de papyrus et d'herbes d'eau, il a un corps grassouillet et des mamelles pendantes. Son rôle principal consiste à apporter au temple toutes sortes de produits comestibles qui ont vu le jour grâce à lui.

N'oublions jamais que le Nil terrestre, celui que voient nos yeux humains, n'est que le reflet du Nil céleste, de Hâpy « le bondissant », inaccessible au regard humain. C'est donc bien une route d'énergie céleste qui traverse la Haute-Egypte. L'eau est homme, disent les textes, la terre est femme. Indissociables l'un de l'autre, ils forment un être unique, Père-et-Mère, pourvu d'innombrables enfants qui sont les récoltes, les champs, les fleurs, les fruits. Tout ce que le Nil touche du bout de ses doigts, il le transforme en abondance et en joie.

Pour les anciens Egyptiens, il n'existe pas de cloison infranchissable entre les différentes formes de vie dans l'univers. Il baigne tout entier dans un immense réservoir d'énergie, le Noun. La terre, où l'humanité est une espèce parmi d'autres, n'est qu'une des manifestations tangibles et mesurables de cette énergie première. Née dans le temps, elle mourra dans le temps. Le Nil est d'une autre essence. Il provient directement du Noun. Il en est, en quelque sorte, un écoulement bénéfique. C'est pourquoi il contient en ses eaux le secret du destin de l'univers. Lire le mystère des eaux du Nil, c'est déchiffrer la vie même.

Les carrières du Gebel Silsileh

Comme tous les autres voyageurs sur le Nil, j'ai ressenti ce mystère au plus profond de moi-même. Ce fleuve ne ressemble à aucun autre, car il est sourire et secret. Rien de révolté en lui, rien de tempétueux ou de violent bien que ses courants soient parfois dangereux ; un caractère docile, qui se prête à la navigation et qui facilite travaux et voyages. Mais l'énigme demeure entière. Le cours du Nil est un temple à ciel ouvert, un sanctuaire d'où naissent tous les autres sanctuaires.

Soudain, les deux rives se resserrent. Les montagnes se rapprochent, comme pour étrangler le fleuve. Voici que se dessine un site exceptionnel, celui du Gebel Silsileh, l'une des étapes marquantes du voyage sur le Nil.

Là s'affrontent les deux déserts, libyque et arabique, s'avançant l'un vers l'autre. Les eaux du fleuve, parfois impétueuses, battent des rochers de grès jaune. La tradition veut qu'en cet endroit le Nil ait été autrefois fermé par une chaîne fixée à deux rochers.

C'est à un authentique rite de passage qu'est donc soumis le voyageur franchissant cette frontière symbolique vouée au dieu Nil.

Au solstice d'été étaient célébrés à cet endroit des rites destinés à favoriser la venue d'une crue bienfaisante, ni trop haute, ni trop basse. Assisté des magiciens et des ritualistes, Pharaon, le roi-dieu, repérait un tourbillon formant une spirale sur l'eau du fleuve. Muni du *Livre du Nil,* où était dévoilé le rituel, Pharaon le jetait dans le fleuve, ainsi que d'autres offrandes plus matérielles, amulettes, pains, pâtisse-

Les hiéroglyphes sont les paroles des dieux. Sur la colonne de gauche est révélé le nom de Sarenpout le vénéré, prince d'Assouan et « juste de voix » ; sur celle de droite est évoqué le dieu des espaces souterrains où s'opère la résurrection, Ptah-Sokaris.

ries. Nourrissant le Nil, il lui demandait de nourrir son peuple.

Le Nil est également un jeune homme à l'énergie sexuelle inépuisable. C'est pourquoi Pharaon lui offre également quelques statuettes de femmes qui composeront une délicieuse cour d'amour. Satisfait, le Nil fera circuler dans le corps des hommes et des femmes d'Egypte la puissance fécondatrice qui assurera leur descendance.

Le site n'avait pas été choisi au hasard. Si Assouan est le royaume du granit, Tourah celui du calcaire, le Gebel Silsileh est celui du grès. Là se trouvent en effet les plus vastes carrières de grès de toute l'Egypte. Celles-ci furent exploitées sur la rive ouest comme sur la rive est. Leurs pierres ont servi à construire de nombreux édifices, notamment à Thèbes.

L'endroit est aujourd'hui assez solitaire et rarement visité. On y dérange quelques vipères et quelques oiseaux de proie en s'enfonçant dans un monde minéral formé de hautes parois sur lesquelles on discerne aisément les lits de pierre où les blocs furent découpés avec soin. Les carriers modernes, utilisant des explosifs, troublent de temps à autre le calme hiératique de ces lieux. Mais il est aisé de se replonger dans le passé pharaonique en découvrant les oratoires et les chapelles construites par d'illustres personnages pour rendre hommage au génie du lieu.

Hatchepsout, Thoutmosis III, Ramsès II ont laissé des souvenirs de leur passage au Gebel Silsileh. Mais le monument le plus important est dû au célèbre général Horemheb, qui fut le fidèle serviteur du roi « hérétique » Akhenaton et de son successeur Toutankhamon avant de devenir lui-même pharaon. Horemheb a tenu à immortaliser là une scène de triomphe où, avec l'aide d'Amon, dieu d'empire, il apparaît comme vainqueur d'une multitude d'ennemis. C'est la Nubie entière qui s'incline devant Horemheb et lui manifeste son absolue soumission. Acclamé par les courtisans, le roi se déplace rituellement en litière.

Le Gebel Silsileh est l'un des sites les plus impressionnants sur le cours du Nil. A cet endroit, les deux déserts viennent l'un vers l'autre. Le Nil a la force d'empêcher leur jonction, permettant au flux nourricier de continuer à irriguer la Haute-Egypte. On distingue ici les petits sanctuaires élevés par les tailleurs de pierre.

Les vastes carrières du Gebel Silsileh, toujours utilisées, permettent d'admirer la technique des carriers et des tailleurs de pierre qui, lit par lit, parvinrent à extraire, des siècles durant, une formidable quantité de blocs. De ces galeries à ciel ouvert provient le grès qui servit à créer statues, stèles et temples.

Le Nil, peu après le Gebel Silsileh. La découverte de la Haute-Egypte, au fil du fleuve, est un régal des sens. La pureté de l'air est une véritable gourmandise, procurant une ivresse qui emplit les yeux et le cœur. Les couleurs franches et tranchées — bleu du ciel et du Nil, vert des cultures, ocre du désert — composent un tableau qui rend muet d'admiration le plus génial des peintres.

Le Gebel Silsileh envoûte le voyageur le plus blasé. D'abord, il y a le silence. Un silence minéral, pesant, presque écrasant. Aux heures chaudes, le soleil est implacable. L'homme se sent rejeté. Puis surgissent des bruits étranges, venus du fond des siècles. Des bruits de maillets et de ciseaux qui frappent la pierre. En tendant bien l'oreille, on discerne même les ordres des contremaîtres, les chants des carriers au travail. Les âmes des tailleurs de pierre continuent à vivre en ces lieux oubliés, à rechercher les grès parfaits, à manifester leur amour pour ces pierres destinées à devenir des temples. C'est sans doute dans ces carrières que l'on parvient à entrer naturellement en contact avec ces hommes dont les œuvres se sont inscrites avec tant de force dans notre mémoire et dans notre cœur.

Au Gebel Silsileh, comme en bien d'autres endroits, tout au long du cours du Nil, fonc-

tionne un bac. Il y a peu de ponts sur le fleuve. Passer d'une rive à l'autre est pourtant un acte essentiel de la vie quotidienne. Pour y parvenir, il faut donc utiliser des bacs, petits ou grands. Les touristes connaissent bien ceux de Louxor, aménagés à leur intention. Mais le vrai bac, c'est celui qu'emprunte la population. Y monter constitue toujours une expérience colorée. Il faut d'abord se frayer un chemin pour parvenir à monter à bord. On s'installe tant bien que mal entre les hommes qui palabrent, les femmes vêtues d'une longue robe noire, voilées ou non mais regroupées entre elles, les chèvres, les ânes lourdement chargés, les voitures, les vélos, les paquets.

Le bac et le passeur

Le patron du bac attend que celui-ci soit copieusement rempli pour donner enfin le signal du départ.

Ci-contre.
Il existe peu de ponts sur le Nil. Aujourd'hui comme hier, le bac demeure le moyen de transport essentiel pour relier une rive à l'autre. Petits ou grands bateaux, dans un va-et-vient incessant, transportent humains, animaux et marchandises dans un joyeux brouhaha.

Page de droite.
Le patron du bac attend que son bateau soit rempli de passagers pour donner le signal du départ. Qu'importe... en Orient, le temps s'écoule sans heurts. Nul n'est pressé. On s'assoit, on palabre, on contemple l'eau et le ciel.

Être pauvre, dans l'ancienne Egypte, c'est être sans bac, ne pas avoir les moyens de régler le prix du passage d'une rive à l'autre. Un riche perd toute considération s'il n'a pas comme premier souci de permettre au pauvre d'emprunter le bac.

Il existe d'ailleurs un bac de l'au-delà placé sous la surveillance d'un passeur. Le pharaon, pour devenir immortel, doit passer d'une rive à l'autre, d'une vie à l'autre. Il appelle le bac. Mais le passeur est endormi. Le roi l'éveille. Le maître du bac fait semblant de ne pas entendre. Pharaon insiste. Le passeur lui impose plusieurs épreuves avant de lui accorder la possibilité de traverser le fleuve. Le souverain, qui connaît les formules de sagesse, réussit. Son voyage vers l'immortalité peut continuer. Il découvre que le bac est le symbole d'Osiris, le dieu mort est ressuscité. Les parties du bac, en effet, sont analogues aux parties du corps du dieu. Une fois retrouvées et reconstituées, elles deviennent cette embarcation qui permet de parcourir les espaces célestes.

Tout cela me revient en mémoire à chaque fois que je prends le bac. Notre existence n'est-elle pas qu'un passage entre les deux rives d'un fleuve ? N'avons-nous pas à vaincre l'épreuve des ténèbres et de l'ignorance pour accéder au bac qui nous emmènera vers l'autre monde ?

Il est un aspect plus riant du bac comme nous l'apprend la poésie amoureuse de l'ancienne Egypte : « L'amour est sur l'autre rive, est-il annoncé au jeune homme ;

Les divinités, auxquelles Pharaon présente l'offrande de manière à ce qu'elles demeurent présentes sur terre, gardent le temple de Kom Ombo. Les sculpteurs de l'époque tardive créent des silhouettes un peu raides, mais élégantes, aux seins proéminents et au nombril marqué. Elles forment une procession immobile à jamais gravée dans la pierre d'éternité.

traverse le Nil pour rejoindre le jardin fleuri, planté de sycomores au bruissement doux comme du miel, pour atteindre le rivage où t'attend ta fiancée. »

L'acropole de Kom Ombo

Erigé au bord du Nil, sur la rive est, à une cinquantaine de kilomètres d'Assouan, Kom Ombo est un temple promontoire qui domine les cultures environnantes et permet de surveiller les pistes du désert partant vers la Nubie. Unique de son espèce, faisant figure d'acropole aux pierres vigoureuses, ce grand sanctuaire de l'époque ptolémaïque se présente comme un vigilant gardien du fleuve auquel rien ne peut échapper. De tout temps résida ici une importante garnison qui s'occupait plus particulièrement de la circulation fluviale et de sa bonne organisation.

Kom Ombo, où s'est installée une importante colonie de Nubiens après la disparition de leur pays sous les eaux du lac Nasser, est l'antique Ombos, « la cité de l'or », sur laquelle régnait

Le temple de Kom Ombo, dont l'état présent date de l'époque ptolémaïque, fut érigé sur un promontoire qui domine le Nil. Véritable forteresse sacrée, le sanctuaire avait notamment pour fonction de veiller sur le fleuve. Temple double, il était dédié au faucon et au crocodile, respectivement maîtres de l'air et de l'eau.

Le temple ptolémaïque d'Edfou où réside le dieu Horus, protecteur de la monarchie. Au premier plan, à gauche, les vestiges du mur d'enceinte en briques. A droite, le toit du mammisi, le temple de la naissance du dieu fils. La façade est composée de deux grands pylônes encadrant une porte que gardent avec vigilance deux faucons. Les scènes principales représentent Pharaon frappant ses ennemis avec la massue nommée « l'illuminatrice ». Les quatre profondes rainures servaient de logement aux mâts à oriflamme.

le plus redoutable des dieux égyptiens, Seth, l'assassin d'Osiris. Mais il ne se cantonnait pas à ce rôle de meurtrier. Détenteur de la puissance de l'orage, maître d'une énergie cosmique, Seth avait aussi pour mission de se tenir à l'avant de la barque solaire voguant sur le Nil céleste et, à l'aide d'une lance, de disperser les ennemis de la lumière.

Le temple de Kom Ombo a la puissance de Seth, bien qu'il ne lui soit pas dédié. Il présente la particularité d'être un édifice double, divisé par un axe central de part et d'autre duquel s'organisent les sanctuaires respectifs des deux maîtres du lieu, Horus l'ancien incarné dans un faucon et Sobek dans un crocodile. Le saurien, qui fréquentait naguère les eaux du fleuve avec assiduité, a aujourd'hui complètement disparu d'Egypte, chassé par les vibrations, pour lui insupportables, des moteurs de bateaux.

Le faucon est le seigneur absolu des airs, en raison de sa vue perçante et de sa rapidité d'intervention. Le crocodile est celui des eaux. Dans le langage hiéroglyphique, il symbolise la fulgurance. On a noté, en effet, que cet animal, d'apparence balourde, a une étonnante vitesse de course sur une courte distance et nage avec une grande aisance.

Sobek le crocodile est aussi la puissance qui monte du fond de l'abîme primordial, traverse les eaux de l'océan primordial et, apparaissant à la lumière, devient un nouveau soleil qui distribue sur terre une lumière bienfaisante. Ce soleil est assimilé à un œil immense qui observe la création. C'est pourquoi un relief du temple de Kom Ombo est consacré aux nombreux instruments qu'utilisaient les oculistes égyptiens, passés maîtres dans cette délicate thérapeutique. Grâce à eux, il était possible de guérir les maladies de l'œil divin et, partant, des yeux humains.

Certes, Kom Ombo a beaucoup souffert. Ses vestiges actuels ne donnent qu'une assez pâle idée de la splendeur de l'édifice originel. Mais le site demeure d'une grande puissance et le message du temple bien lisible : tout y est double, parce qu'une alliance a été conclue entre le faucon et le crocodile, entre le soleil et la lune, entre l'air et l'eau. A eux deux, ils sont assez forts pour lutter contre les forces du mal et préserver l'harmonie.

Le lien entre le temple et le Nil est souligné par l'existence de remarquables installations hydrauliques, notamment un puits au fond duquel apparaissait l'eau de la crue.

Sur les murs courent des reliefs montrant dieux et déesses ou scènes d'offrande. Elles baignent dans une atmosphère sereine, presque austère. Le soleil les revêt de teintes chaudes et dorées. Kom Ombo est un temple somptueux et fier. Pas un instant, il ne relâche sa vigilance ; pas un instant, il n'oublie sa mission de gardien du fleuve.

Edfou, trône du faucon divin

Avant d'arriver à Edfou, la chaîne arabique s'avance vers le Nil. Des ouadi profonds la

Scène hiéroglyphique et symbolique :
dans le marais primordial,
d'où proviennent toutes les formes de vie,
le faucon couronné d'un soleil s'est posé
sur un bosquet de papyrus.
Incarnation de la lumière divine, il fait face au phénix,
l'oiseau des origines,
qui trône sur le hiéroglyphe symbolisant le temple,
création due au génie de l'homme.

Le faucon Horus, gardien du temple d'Edfou. Ses yeux sont éternellement ouverts et son regard est le plus perçant qui soit. De ses serres, il déchire l'imprudent qui tenterait de profaner l'espace sacré. Rien ni personne ne peuvent l'attendrir : pour passer la porte sur laquelle il veille, il faut prononcer les formules de connaissance.

creusent et remontent en direction des montagnes qui bordent la mer Rouge. Le lieu est d'une noblesse extrême. Il me fait toujours penser à la règle du temple d'Edfou, modèle des règles monacales des premiers temps du christianisme : « Ne faites pas d'initiation abusive, ne pénétrez pas au temple en état d'impureté, ne dites pas de mensonges en cette demeure, ne soyez pas avide de biens, ne dites pas ce qui est inexact, n'acceptez pas la corruption, ne faites pas de différence entre un pauvre et un homme puissant, ne révélez pas ce que vous avez vu dans les mystères des temples, gardez-vous de concevoir en vos cœurs une pensée profane. Plus riche de profit est un instant passé au service de Dieu que toute une existence de nanti. »

Découvrir le temple d'Edfou, le mieux conservé d'Egypte, est une vision inoubliable. Là s'incarne la toute-puissance d'Horus, le faucon aux ailes immenses, protecteur de la monarchie pharaonique. Le site d'Edfou était son perchoir favori d'où, grâce à ses yeux assimilés au soleil et à la lune, il contemplait l'univers entier. Chaque année, le grand prêtre d'Edfou, du haut de la grande porte d'accès, montrait au peuple en fête le faucon élu pour représenter le dieu.

L'édifice actuel, qui recouvre des temples anciens, fut commencé le 23 août 237 av. J.-C. et terminé en 57. Son architecte n'était autre que le grand Imhotep, le constructeur de la pyramide à degrés de Saqqarah dont le génie avait traversé les siècles !

Qui n'a pas été impressionné par le redoutable faucon couronné gardant l'entrée du lieu saint et prêt à déchiqueter de ses serres le profane imprudent ou indigne ? De son regard de feu, il transforme le visiteur en pèlerin recueilli qui progressera lentement, salle après salle, vers l'étonnant naos d'où émane une lumière argentée, comme si la pierre rayonnait d'elle-même.

Edfou est un univers sacré parfaitement cohérent qui offre un parcours rituel auquel, grâce à l'état de conservation du monument, il ne manque rien. Pylône, grande cour à ciel ouvert, salle à colonnes, bibliothèque, laboratoire, temple fermé, couloir mystérieux, chapelles, saint des saints forment un corps vivant où, grâce à la magie active des textes sur les parois, les rites antiques continuent à s'accomplir.

Nous sommes invités à participer au moment décisif du culte, celui de l'éveil en paix du dieu dans son naos. Pharaon, toujours présent par ses figurations, brise chaque matin le sceau des portes du ciel pour faire apparaître l'image de la puissance suprême, la statue d'Horus. Il la parfumait, l'habillait et la nourrissait symboliquement afin qu'elle dispense l'énergie vitale dont le monde a besoin pour survivre.

Le grand pylône d'Edfou est sans nul doute le plus impressionnant d'Egypte. De sa masse tranquille se détache la haute figure de Pharaon frappant les ennemis de la lumière, rétablissant l'ordre dans le chaos. Devant cette monumentale porte d'accès était rendue la justice et se célébraient de joyeuses fêtes dont certaines duraient plusieurs jours.

On oublie vite la ville moderne, l'enchevêtrement de ses maisons, l'animation bruyante qui règne sur la place où s'ouvrent des boutiques et où se massent les calèches pour se diriger vers le temple d'Horus,

Les palmeraies de Haute-Egypte sont des oasis de calme et de fraîcheur. L'ombre bienfaisante des palmes protège des ardeurs du soleil. Ses rayons sont filtrés, adoucis, pour offrir des teintes chaudes et profondes. D'anciens systèmes d'irrigation, roues hydrauliques ou sâqiehs, sont installés dans ces lieux où il fait si bon vivre, où les travaux et les jours s'accomplissent sur un rythme millénaire.

autrefois entouré d'un épais mur d'enceinte de briques crues dont il subsiste des vestiges. C'est en longeant le mur du temple proprement dit que l'on prend conscience de ce qu'était un édifice religieux de l'ancienne Egypte. Avec ses 137 m de long et ses 80 de large, Edfou est, certes, un immense vaisseau de pierre. Comme les autres « demeures d'éternité » où résidaient les puissances divines, il était à la fois centrale chargée de produire l'énergie créatrice et pôle économique de la province vers laquelle étaient acheminées les nourritures pour être sacralisées avant d'être distribuées à la population.

Le sol du temple monte, le plafond descend. Leurs deux lignes se rejoignent dans l'infini du saint des saints, le lieu le plus sacré où trône l'image divine et où seul Pharaon a accès. Il faut passer de longues heures dans les salles obscures du temple couvert, dans le silence des chapelles pour commencer à appréhender les mystères qui, grâce aux colonnes hiéroglyphes, demeurent si vivants et si proches de nous. Résonnent encore les pas des prêtres et des prêtresses qui, après s'être purifiés, venaient présenter les offrandes aux divinités. Le jour du nouvel an, ils montaient sur le toit, porteurs de la

statue divine qu'ils présentaient aux rayons du soleil afin qu'elle soit régénérée.

C'est à Edfou que l'on découvre la théologie égyptienne dans toute sa plénitude. Bien que formulée à une époque tardive, elle reprend nombre d'éléments des temps antérieurs. Pressentant la fin de leur civilisation, les sages ont parlé. Par l'architecture, le texte et l'image, le temple du dieu Horus formule les symboles et les rites qui unissent le ciel à la terre.

Des palmiers et des hommes

Le palmier est omniprésent en Haute-Egypte, tant sur les bords du Nil que dans la campagne. Il est l'image de la douceur de vivre. Quand la brise du soir s'élève, écrit le poète Dafard el-Hadad, « elle fait onduler la cime flexible des palmiers comme la tête d'une vierge qui se penche et s'endort ». Méditer à l'ombre des palmiers, y savourer un temps immobile procurent des plaisirs sans âge, des moments inoubliables de paix.

Le palmier-dattier se présente tantôt seul, tantôt en groupes de quelques individus, tantôt en palmeraie d'une plus ou moins grande étendue. Atteignant en général de 15 à 30 m de haut, il peut vivre jusqu'à quatre-vingts ans à condition que ses racines soient bien irriguées. L'ombre rafraîchissante qu'il dispense n'est pas le seul de ses bienfaits accordés aux humains. Avec ses fibres, les fellahs fabriquent des cordes ; avec ses branches, des cages et des paniers ; ils tressent ses feuilles pour en faire des couffins et utilisent son tronc pour les charpentes. Les palmes ornent à la fois le palanquin de la mariée et les tombes. Dans un cas comme dans l'autre, elles rendent heureux un rite de passage, qu'il s'agisse de créer une famille ou de voyager dans l'autre monde. Toucher quelqu'un avec une palme équivaut d'ailleurs à une bénédiction.

Dans les zones désertiques, le palmier-doum est le seul à pousser. Arbre éventail, au tronc bifurqué, il offre une écorce pulpeuse et comestible. La coquille de ses noix, très dure, sert à la fabrication d'objets, notamment des boutons.

L'alliance de l'homme et du palmier demeure une donnée essentielle de l'économie rurale. Ensemble, ils ont appris à vivre avec le soleil.

Les révélations d'El-Kab

El-Kab, à une vingtaine de kilomètres au nord d'Edfou, est un site ressuscité grâce au remarquable travail effectué par une mission archéologique belge. On a aujourd'hui facilement accès aux tombes creusées dans la montagne de grès, parallèle à la chaîne arabique, et aux petits sanctuaires

Dans les rues commerçantes des agglomérations s'ouvrent des multitudes de petites boutiques, dont certaines ne sont que des locaux minuscules dont les façades sont closes par des volets de bois quand leurs propriétaires quittent le travail. Ainsi se perpétuent nombre de petits métiers, tailleur, repasseur, fabricant de vases ou de chapelets pour la prière.

érigés à l'est de la ville ancienne, dans une région désertique et solitaire.

A El-Kab régnait la déesse-vautour Nekhbet qui étendait ses ailes protectrices au-dessus de Pharaon et garantissait l'authenticité de sa titulature. C'était elle, aussi, qui lui donnait le cercle de l'univers sur lequel son esprit était appelé à régner.

Les tombes de ce site dépouillé contiennent de surprenantes richesses, en raison de la personnalité de leurs propriétaires, notamment Paheri et Ahmès. Paheri, qui remplissait la fonction de précepteur à la cour royale, fut l'un des plus grands sages d'Egypte. Les reliefs de son tombeau relatent des rites initiatiques d'une exceptionnelle importance. Quant à Ahmès fils d'Abana, officier de la marine royale, il participa à des aventures militaires particulièrement remarquables.

A l'époque où vivait Ahmès, la fin du Moyen Empire, l'Egypte était occupée par des envahisseurs étrangers, les Hyksos, qui avaient établi leur capitale dans le Delta, à Avaris. Le mouvement de libération était parti de Thèbes, la future grande capitale du Nouvel Empire. Ahmès faisait partie de ces hommes courageux, prêts à donner leur vie pour que l'Egypte retrouve sa grandeur passée. Fidèle serviteur d'un pharaon portant le même nom que lui, l'intrépide marin s'engagea résolument dans les nombreuses batailles victorieuses qui devaient conduire l'armée égyptienne sous les murailles de la citadelle hyksos. Quelle joie ce fut pour lui de mettre enfin le siège devant cette capitale haïe, de monter à l'assaut et de pénétrer parmi les premiers à l'intérieur de la cité enfin conquise !

Les Hyksos expulsés d'Egypte, une nouvelle et brillante civilisation pouvait renaître. Par les inscriptions de son tombeau d'El-Kab, Ahmès a gardé le souvenir de ces moments cruciaux de l'histoire pharaonique. Décoré de colliers d'or, il ne quitta pas l'armée et atteignit un âge avancé, fier d'avoir bien servi son pays.

Le Nil, où avaient vogué les bateaux de guerre transportant troupes et matériels, redevenait un fleuve tranquille sur lequel il faisait bon vivre.

Le site d'El-Kab, placé sous la protection de la déesse-vautour Nekhbet. Là se trouvent les vestiges d'une cité ancienne, de plusieurs temples et surtout les tombes de grands dignitaires aux reliefs du plus haut intérêt, tant historique que religieux, notamment celle du général Ahmès, qui participa à l'expulsion des envahisseurs hyksos.

Cette scène d'une tombe d'El-Kab montre une procession lors d'un rite d'initiation. A l'extrême gauche, l'adepte, enveloppé dans une peau blanche, est halé sur un traîneau. Le suivent deux hommes portant un coffre orné de deux yeux pour voir le chemin à parcourir. Il contient des rouleaux de papyrus sur lesquels sont inscrits rituels et formules de connaissance. Est également présente une prêtresse vêtue de blanc, jouant le rôle de pleureuse sacrée.

LOUXOR

Au sud de Louxor, peu après l'aube, des pêcheurs tendent leur filet. Fleuve et ciel se confondent presque dans un dégradé de bleus. Le courant est faible, l'air d'une douceur paradisiaque, la lumière d'une tendresse irréelle. Et depuis des millénaires, les hommes répètent les mêmes gestes...

Pour attirer les poissons vers les filets, un pêcheur frappe le fleuve à grands coups de bâton. Jaillit une gerbe d'eau dans la limpidité d'un matin calme sur le Nil.

Est-il émotion plus intense que d'arriver une fois encore à Louxor, de retrouver l'ancienne Thèbes, la capitale toute-puissante de la période la plus brillante de l'histoire égyptienne, le Nouvel Empire (1551-1070 av. J.-C.) ? Lors de son unique voyage en Egypte, en 1828-1829, Jean-François Champollion, le père de l'égyptologie, n'avait qu'une hâte : atteindre Thèbes le plus vite possible, découvrir enfin cette grande mère de la civilisation dont le message a influencé de manière indélébile les cultures méditerranéennes. Une seule crainte : qu'elle ait été détruite par des inconscients et des vandales, que la vieille cité ait été sacrifiée sur l'autel du progrès, avide de pierres pour construire des quais ou des usines.

Par bonheur, le génial déchiffreur des hiéroglyphes intervint juste à temps. Avec un extraordinaire courage, il protesta vigoureusement auprès de Méhémet-Ali pour que soient sauvegardés les immenses chefs-d'œuvre de Thèbes dont certains risquaient de disparaître à brève échéance. Son entreprise fut couronnée de succès.

Malgré l'afflux des touristes et la modernisation souvent anarchique de l'urbanisme, Louxor demeure une ville de province où la campagne et le Nil sont toujours très proches. L'air y est d'une qualité et d'une limpidité exceptionnelles. On le déguste comme une gourmandise, on le savoure avec une joie venue du fond des âges.

Hommage à toi, Soleil nouveau !

Pour bien découvrir le Louxor éternel, il faut se lever tôt, avant l'aube, et prendre une barque afin d'errer au fil du Nil et de vivre cette expérience inoubliable qu'est un lever de soleil sur la montagne thébaine.

Le soleil vient de se lever. Encore drapée de longues écharpes de brume, la montagne thébaine se pare d'une lumière douce qui la fait revivre en majesté, dissipant les ultimes ténèbres. La vie s'éveille sur les berges tandis que progresse une barque à un rythme paisible.

Village traditionnel des bords du Nil, en Haute-Egypte. Maisons basses en terre au milieu des palmiers, à proximité de l'eau pour faciliter ablutions et travaux ménagers.

Le soleil, le fleuve, les bosquets de palmiers... Depuis l'Antiquité, les éléments majeurs du paysage égyptien n'ont pas changé. Les habitations s'y intègrent avec modestie, laissant se profiler leurs silhouettes rectangulaires, sans grâce, entre les arbres.

Lorsque le dieu Rê, sous sa forme de disque solaire, se lève sur le Nil, dissipant les écharpes de brume diaphane, le bord oriental de la vallée se teinte d'un rouge qui devient crête de flamme avant de se déployer pour envahir le ciel et se multiplier en longs rayons qui ressuscitent le vert des palmiers. Tandis que le fleuve se couvre d'or s'éveille la vie des champs.

Comme le chantait le pharaon mystique Akhenaton, le soleil du matin chasse silence et ténèbres. Arbres et plantes verdoient, les oiseaux s'envolent de leurs nids, les chevreaux sautent sur leurs pattes, les bateaux montent et descendent le fleuve, les poissons y font des bonds de joie. Les hommes adressent des prières à la lumière qui renaît : « Hommage à toi, disaient les maîtres d'œuvre Souti et Hor, disque du jour, créateur et providence de tous les êtres, grand faucon aux plumes brillantes, engendré de lui-même, incréé, traversant l'éternité. »

Pêcheurs du Nil

Avant que la lumière ne devienne trop violente, des pêcheurs, debout sur des barques plates, glissent au fil du Nil. Les uns déploient leurs filets, les autres frappent l'eau avec des bâtons pour déclencher des ondes de choc qui affoleront les poissons et les attireront dans le piège tendu pour les attraper. De tels gestes figurent déjà sur les bas-reliefs pharaoniques. Le travail de l'homme n'a pas varié, le temps a été aboli.

Les pêcheurs de l'Antiquité, comme les autres artisans, dépendaient du temple. Leurs filets remplis, ils accostaient au débarcadère de la maison du dieu où des ritualistes vérifiaient la qualité de leurs produits avant de les acheminer jusqu'au sanctuaire où ils étaient sacralisés avant de devenir des nourritures comestibles, destinées à la population.

Aujourd'hui comme hier, les pêcheurs sont des gens silencieux, plutôt taciturnes, obligés de demeurer concentrés pour bien pratiquer leur difficile métier. Ils agissent en cadence, sur un rythme

Derrière des cultures en étages au bord du Nil et un groupe clairsemé de palmiers dressant leur tête dans le ciel bleu, se déploie la montagne thébaine. Dominant la rive d'occident, couronnée par une cime en forme de pyramide, elle impose silence et respect.

régulier, avec une patience à toute épreuve. Souvent, les prises sont maigres. Il faut tendre à nouveau les filets et chercher un endroit plus poissonneux, sans certitude de réussir.

Fatigue et chaleur obligent à rentrer au village. Invité à les suivre pour y déguster du thé à la menthe et une galette qui venait de sortir du four, j'ai été accueilli par des villageois curieux, les uns un peu méfiants, les autres souriants. Les enfants en bas âge jouaient sur le seuil des maisons avec des poupées de chiffon. Les autres étaient au travail, poussant devant eux un troupeau d'oies ou guidant des buffles sur les étroits chemins de terre, le long d'un canal.

La faune a bien changé par rapport à l'Antiquité. Hippopotames et crocodiles ont disparu des eaux du Nil où ils se livraient une lutte sans merci, régulant leurs populations respectives. Lynx, renards, chacals et hyènes se font rares. Il n'existe plus de gros serpents ; le reptile le plus redoutable est la petite vipère du désert qui redoute le bruit. Les voyageurs contemporains voient surtout des ânes, souvent chargés de lourds fardeaux et cheminant avec courage pour remplir la tâche qui leur est confiée. Incarnation du dieu Seth, l'âne est doté de son inépuisable vigueur. On croise aussi des chameaux, inconnus des anciens Egyptiens, et introduits dans le pays avec la conquête arabe. Omniprésents, mais pas toujours bien traités : les chiens. Comme l'avait noté Champollion, « le chien vit en Egypte dans un état de liberté complète... Nous étions accompagnés des aboiements d'une foule de ces animaux, occupant un à un chaque sommet de dune et nous poursuivant fort loin de leur voix rauque et sourde. Ces chiens, de tailles diverses, sont d'une seule et même espèce ; ils ressemblent prodigieusement au chacal, sauf le pelage qui est jaune-roux. »

La terre noire nourricière

La terre d'Egypte, fécondée par le Nil et le soleil, est une mère généreuse qui offre aux vivants les nourritures dont ils ont besoin. Elle est aussi la mère bienveillante qui accueille le corps des

défunts. C'est pourquoi, afin de lui rendre hommage, il faut lutter sans cesse pour entretenir et préserver la moindre parcelle de terre, la protéger des avances du désert. Son nom hiéroglyphique, *kêmit*, qui signifie « la noire », fut aussi celui de l'Egypte entière et donna naissance au mot « alchimie », cet art pharaonique qui ne consiste pas seulement à transformer le plomb en or mais à dégager de tout matériau les énergies créatrices qu'il contient.

Le labourage, jusqu'à l'époque médiévale, est demeuré le symbole le plus parfait de cette alchimie, science de la transmission de la vie. En ouvrant la terre noire, le laboureur accomplit un acte mythique qui correspond à l'apport de la lumière aux ténèbres et donc à la résurrection des forces divines qui y sommeillent.

La charrue, peu à peu supplantée par le tracteur, est encore utilisée par les paysans égyptiens dont les gestes n'ont guère varié par rapport à ceux de leurs collègues de l'Antiquité. Il s'agit d'une araire d'une quarantaine de kilos, apportée aux champs à dos d'âne, formée d'un sep en bois armé, d'un soc plat et d'un timon de 3,50 m environ. On y attelle des bœufs, parfois des ânes. Le laboureur suit le rythme des animaux, qu'il guide de la voix et de la main sans utiliser de fouet.

Cet outil n'est pas aussi rudimentaire qu'il y paraît. Il avait été parfaitement conçu pour gratter la terre afin d'y enfouir les semences qui germaient avant dessiccation de la couche superficielle. D'autres types de charrues, plus perfectionnées, furent essayées : aucune ne se révéla plus efficace.

Dans l'Egypte moderne, le travail de la terre est demeuré une activité primordiale. Certes, l'emploi des engrais, les conquêtes de l'industrie, l'utilisation des machines, les modifications écologiques et climatiques dues au haut barrage d'Assouan, transforment peu à peu l'agriculture égyptienne. Mais l'ancienne campagne résiste au progrès, avec les certitudes ancrées d'une noble et ancienne dame, habituée à voir passer les saisons et se renouveler des cycles immuables.

Le sage recommande à l'agriculteur de veiller avec amour sur le champ qui lui a été confié et d'y récolter avec respect ce que le

Une maison basse en terre, des palissades formées de palmes, des animaux entrant à leur guise dans les demeures, des enfants jouant sur le seuil, des femmes faisant la cuisine, des paysans vaquant tranquillement à leurs occupations séculaires, des barques allant et venant sur le fleuve... Voici le quotidien du plus modeste des villages.

Briqueteries, cimenteries, fabriques d'engrais... Le monde industriel, depuis le règne du pacha Méhémet-Ali, tente sans relâche d'envahir l'Egypte. Mais la terre d'éternité et ses paysages immuables résistent avec opiniâtreté. Parfois, dans la campagne, se dresse une cheminée d'usine, presque incongrue.

grand dieu lui a accordé. Qu'il ne se comporte pas comme un crocodile rapace, mais sache se contenter de ce que lui offre la nature. Néanmoins, qu'il soit actif et qu'il songe à rendre heureuse sa famille, qu'il remplisse le ventre de son épouse, habille son corps, traite bien ses gens, élève ses enfants dans le respect de la Règle divine.

Quel serait le comble du malheur ? Que le Nil continue à rendre les terres fertiles et qu'il n'y ait personne pour les cultiver, qu'elles soient abandonnées et laissées sans amour.

Récolter le grain et le mesurer sont des actes sacrés. Le boisseau est semblable à l'œil de Rê, le dieu de la lumière divine. Tenter d'en soustraire une fraction serait la plus grave des fautes.

La terre noire est la générosité même. Sa fertilité est sans égale. C'est toujours un moment merveilleux que de se promener dans la campagne, de traverser les champs et d'aller s'asseoir à l'ombre d'un tamaris, d'un palmier ou d'un acacia pour déguster tomates ou oignons frais ou encore une galette frottée d'ail.

Et le laboureur, habitué au soleil depuis tant de générations, continue à tracer son sillon...

Thèbes, centre du monde

Thèbes aux cent portes, Thèbes la magnifique, Thèbes centre du monde, Thèbes qui constitue l'étape majeure du voyage sur le Nil. C'est là que la première île émergea des eaux primordiales à l'origine du monde. Il faudra attendre le Nouvel Empire, cependant, et les

Felouque silencieuse jouant avec le vent ou bac au moteur bruyant, rives verdoyantes au-delà desquelles dominent le désert et la montagne, majesté du fleuve divin... La région thébaine, cœur du Nouvel Empire et territoire d'Amon, est le domaine privilégié d'une lumière sereine que troublent à peine les activités humaines, comme si rien de passager ne pouvait atteindre l'équilibre voulu par les dieux.

règnes illustres des Thoutmosis, des Aménophis et des Ramsès pour voir Thèbes devenir la capitale du monde méditerranéen et le symbole de la puissance des pharaons.

Thèbes est la capitale du sud de l'Egypte, comme Memphis l'est du Nord. Même si cette vue est trop simplifiée, voire simpliste, la région memphite apparaît essentiellement comme l'apogée de l'Ancien Empire alors que la région thébaine est l'incarnation de la gloire et du rayonnement du Nouvel Empire, l'âge conquérant de la civilisation égyptienne. L'avènement de Thèbes comme capitale d'empire ne relègue pas pour autant Memphis dans les ténèbres ; la grande cité du Nord demeure le plus important centre économique du pays, avec ses arsenaux et ses chantiers navals. Mais elle s'estompe, dans le domaine du prestige et de la renommée, derrière une Thèbes luxueuse, couverte d'or, lieu de toutes les fêtes et des réceptions les plus élégantes.

Rive est et rive ouest présentent des aspects très différents. La rive ouest est celle des « vallées funéraires », des tombes royales et privées, des « châteaux de millions d'années » où l'esprit des grands pharaons survit par les rites. La rive est est celle des temples de Karnak et de Louxor, des vastes étendues de cultures, des domaines du dieu Amon où les vivants recueillent les nourritures dispensées par la divinité.

Thèbes la victorieuse

Thèbes est une ville de victoire. Elle sort de l'anonymat provincial à la fin du Moyen Empire lorsque ses princes se révoltent contre la morosité ambiante et décident d'entamer une guerre de libération contre l'occupant hyksos. Des nomades venus d'Asie avaient, en effet, réussi à prendre le contrôle du pays, brisant l'unité des Deux-Terres et compromettant son équilibre économique. Thèbes fut la première cité à relever la tête, inspirée par des femmes d'une trempe exceptionnelle qui n'hésitèrent pas à revendiquer l'existence d'une Egypte forte et indépendante.

L'un des noms de l'Egypte était kêmit, *« la noire », en référence à la terre noire, fertilisée par le limon que déposait le Nil lors de sa crue annuelle. On peut encore l'admirer dans la campagne lorsque le laboureur utilise l'araire, outil simple et efficace dont l'usage remonte jusqu'à l'Antiquité.*

L'endroit le plus charmant de la rive est de Louxor, aujourd'hui encombrée de constructions modernes et de lourds bateaux de tourisme. Arbres, fleurs, arcades mêlées à la verdure... Cette image idyllique des bords du Nil donne une vision assez exacte de ce qu'ils étaient au temps des pharaons.

Dès lors qu'un pharaon ne règne pas sur les Deux-Terres, le pays est en péril. C'est ce que comprirent les Thébains. A la tête d'une armée courageuse, les princes du Sud montèrent vers le nord. D'escarmouche en escarmouche, de bataille en bataille, ils parvinrent à reconquérir province après province. Vint enfin le triomphe final : Ahmosis devint, vers 1552 av. J.-C., le premier pharaon du Nouvel Empire, grâce à sa victoire décisive sur les Hyksos dont il emporta la capitale du Nord, Avaris. Cet exploit rejaillit aussitôt sur Thèbes. La cité devint synonyme de libération. C'est grâce à elle, et à son dieu Amon, que l'Egypte avait recouvré son identité et sa dignité.

Aucun des rois du Nouvel Empire ne l'oubliera. Leur politique consista à éviter qu'un nouvel envahisseur ne vienne d'Asie pour conquérir l'Egypte. Une seule solution : établir un glacis en Syro-Palestine, surveiller étroitement la côte phénicienne et faire des démonstrations militaires dans ces régions de manière à étouffer dans l'œuf toute volonté guerrière. C'est la signification première des nombreuses campagnes menées par Thoutmosis III. Au passage, Pharaon met en place une administration à la fois souple et rigoureuse qui prélève des tributs en nature. Ces richesses agricoles ou artisanales sont destinées au grand temple d'Amon de Karnak qui s'embellit année après année. Le chantier ouvert au début du Nouvel Empire ne sera jamais refermé. Chaque pharaon mettra un point d'honneur à créer ou à restaurer. Aujourd'hui, Karnak est de nouveau en activité. La mission franco-égyptienne s'efforce non seulement de préserver le site mais aussi de le ressusciter peu à peu. Ces dernières années, plusieurs réalisations remarquables ont été accomplies : le dégagement de la cour dite du « Moyen Empire », qui semble avoir toujours été un espace vide, une sorte de réservoir du sacré que l'on pourrait comparer au moyeu d'une roue ; la remise en valeur d'ensembles comme la « salle des fêtes » de Thoutmosis III et le « jardin botanique » dont les murs sont couverts de superbes représentations des plantes et des animaux d'Asie ; l'aménagement d'un magnifique musée en plein air où l'on peut contempler des chapelles et des blocs admirablement présentés.

Le déclin de Thèbes

Thèbes sort ainsi de siècles obscurs où il lui fallut endurer beaucoup de souffrances. Son étoile avait commencé à pâlir avec la vingt et unième dynastie, vers 1070 av. J.-C. A partir de cette époque, c'est le Delta qui devient la région la plus importante du pays. Progressivement, la cité d'Amon perdra de sa puissance temporelle pour devenir un « conservatoire » des traditions religieuses, à l'écart des mutations économiques qui bouleversent l'équilibre méditerranéen.

Les invasions assyriennes du septième siècle av. J.-C. et perses du quatrième siècle

Les marchands se sont approchés du temple... Les puissantes colonnes du temple de Louxor parviennent à s'extraire d'un décor peu engageant de cabanes, de bateaux et d'habitations modernes, qui semblent grimper à l'assaut du sanctuaire. Mais ce dernier bénéficie, depuis sa création, d'une protection magique qui l'isole des influences extérieures.

porteront des coups terribles à l'ancienne capitale. Le tremblement de terre de 27 av. J.-C., les dégradations imputables aux chrétiens, les pillages commis par les Romains qui emmenèrent notamment à Rome l'obélisque unique en le traînant depuis l'orient de Karnak et en endommageant ainsi plusieurs édifices, furent autant de malheurs qui ouvrirent d'irrémédiables plaies dans le corps sacré du temple.

Mais la demeure d'Amon est sortie victorieuse de ces épreuves. Elle n'a rien perdu de sa puissance spirituelle et de sa magie. Et aujourd'hui les hommes reconstruisent à nouveau, s'attachant avec amour aux pierres d'éternité que d'autres hommes avaient tenté de détruire.

Thèbes la magnifique

Qui saura chanter la splendeur de la Thèbes du Nouvel Empire ? Cité cosmopolite où se croisent de nombreuses races, elle voit se construire, autour du grand temple d'Amon-Rê, de nombreuses villas somptueuses où résident les nobles et les dignitaires de la cour royale, au nombre desquels il faut compter les maîtres d'œuvre et les sages chargés de conseiller Pharaon. Le plus célèbre d'entre eux fut Amenhotep fils de Hapou, qui vécut jusqu'à un âge très avancé et dont on connaît plusieurs statues le représentant en scribe, le visage recueilli et méditatif.

Thèbes aime la mode. Elle devient le centre des élégances. A l'austérité vestimentaire des époques anciennes succède un goût pour les toilettes raffinées, les robes de lin plissées et transparentes, les perruques compliquées. Les influences asiatiques affadissent quelque peu les mœurs. Les grandes dames passent de nombreuses heures chez leurs maquilleuses et leurs coiffeuses, afin de rivaliser de beauté lors des fêtes et des réceptions.

Les banquets thébains sont plus somptueux les uns que les autres. Les mets les plus fins et les boissons les plus suaves, dont de grands crus de vins rouges, y sont servis par de jeunes servantes nubiennes qui n'ont d'autre parure que leur nudité. La coutume veut que mari et femme ne se séparent pas et restent côte à côte pour dîner. Des orchestres de femmes réjouissent les oreilles par une musique d'ambiance.

Mais la fête, si animée et si agréable soit-elle, possède aussi un caractère sacré qui est rappelé par un harpiste. Ce dernier, les yeux fermés, chante une chanson lente et grave où il rappelle que l'existence d'un être humain n'est qu'un passage fugace au cœur de l'éternité. Tout ce qui est d'origine humaine est condamné à disparaître, mais l'œuvre des dieux et les paroles des sages demeurent. Comment se comporter pour connaître une joie durable ? Le harpiste conseille de « suivre son cœur », à savoir sa conscience, et de « faire un jour heureux », c'est-à-dire de bien remplir sa journée en la vivant pleinement comme si elle était l'éternité.

Les conversations se poursuivent fort avant dans la douceur des nuits thébaines, sous un ciel où brillent les étoiles, portes par lesquelles passe la lumière divine.

Amon, le dieu caché

Thèbes est le jardin privilégié où se révèle la présence du dieu Amon, dont le nom signifie « le caché ».

A l'origine, il est le dieu protecteur des marins, le pilote qui connaît les courants et guide les bateaux sur le Nil. Maître de la navigation, il est celui qui vient dans la brise rafraîchissante du nord. Invisible pour les humains, il se manifeste par le vent qui gonfle la voile.

Sculpteur qui s'est sculpté lui-même, modeleur qui n'a jamais été modelé, Amon s'est créé lui-même, créant tout ce qui existe. Ni père ni mère ne l'ont engendré. Unique qui demeure unique, il rend stable toute chose. Il n'existe rien en dehors de lui. Les hommes sont sortis de ses yeux,

Le temple de Louxor, demeure de fête du dieu Amon, lieu où se dévoile le mystère de la naissance divine de Pharaon, étend ses lignes très pures parallèlement au Nil, depuis le pylône d'entrée jusqu'au saint des saints.

les dieux sont les paroles prononcées par sa bouche. C'est lui qui accomplit ce qui est en haut comme ce qui est en bas.

Amon protège les silencieux et les humbles. Il donne le souffle vital à qui lui donne son amour. Père de celui qui n'a plus de mère, époux de la veuve, il ôte le mal, chasse les maladies, ouvre le regard du cœur.

Pour qui suit le chemin de la divinité, Amon écarte la fatalité. Mais il exige le respect : qui prononcerait son nom secret mourrait sur-le-champ. Roi des dieux qui préside à Karnak, Amon discerne le juste du fautif. Il prête une oreille attentive au pauvre et lui permet de vaincre le riche s'il est injustement attaqué. Il donne du pain à qui n'a rien et vient au secours du fidèle qui implore son aide.

Amon n'a pas effacé les dieux anciens. Ils subsistent en lui, dans sa nature d'Amon-Rê, c'est-à-dire de dieu caché qui se révèle par la lumière. Lorsqu'il se manifeste sous forme humaine, Amon est un dieu bleu, rappelant son origine aérienne et céleste ; dans le règne minéral, il prend l'apparence d'une pierre tombée du ciel et recouverte par un voile. Dans le règne animal, il s'incorpore dans le bélier et dans l'oie du Nil, dont le cri rappelle la première parole prononcée par le créateur à l'origine des temps.

Sur les deux rives de Thèbes, Amon est omniprésent. Tous les temples lui sont

consacrés, même s'ils accueillent d'autres hôtes divins. Nul n'est donc plus tangible que ce dieu caché, si mystérieux qu'aucun esprit humain ne pourra jamais l'appréhender dans sa totalité.

Lumière de Louxor

En raison de son implantation le long du Nil, tout près du fleuve, Louxor est le premier temple que découvre le voyageur. La vision, certes, est encombrée par les lourds bateaux de tourisme, les quais dont l'aménagement laisse à désirer, des constructions dont le moins qu'on puisse dire est qu'elles ne sont pas inspirées par la splendeur de l'architecture égyptienne.

Mais le temple, malgré l'assaut du monde profane, demeure imperturbable. La puissance de ses colonnes les fait émerger de la ville moderne et concentre sur elles toute l'attention. « Quand je suis arrivé à Louxor, écrit Camille Lagier, le soleil tout rose jaillissait dans une atmosphère éclatante comme de l'argent. La montagne lybique, très rapprochée à ce moment, était d'albâtre veiné de lignes bleues. Le large fleuve se perdait au nord dans un éblouissement, il remontait au sud vers des bandes de montagnes vaporeuses. Tout cela dans un air très léger, où les masses elles-mêmes des pylônes et des colonnades semblaient, derrière la plaine jaune des moissons, des points de lumière sublimée. »

Une majestueuse allée processionnelle est tracée entre Karnak et Louxor. Elle est bordée de sphinx au sourire tranquille, symboles du roi dans sa fonction solaire, mais aussi gardiens vigilants. Au terme de la voie sacrée apparaissent deux obélisques, les colosses du roi assis et l'accès monumental du lieu saint.

Bientôt, le soleil va disparaître. En son nom d'Atoum, le principe créateur qui se révèle dans l'absolue sérénité du couchant, il s'apprête à entrer dans les ténèbres tandis qu'une dernière felouque vogue, sans bruit, sur le Nil.

Quand le soir tombe, les colonnes de Louxor se parent d'une lumière dorée. Le bleu profond du ciel rentre dans la pierre, la nourrissant d'une énergie impérissable qui, à l'aube prochaine, fera s'épanouir les tiges de papyrus dressées entre l'ici-bas et l'au-delà.

Retrouver un tel charme, aujourd'hui, n'est pas facile. Il faut éviter les périodes ou les heures trop remplies de touristes, attendre que les bruits s'apaisent, oublier l'agglomération moderne qui environne le temple. L'effort accompli se traduit par la plus belle des récompenses : la découverte d'un temple aux lignes admirables dont les colonnes sont les plus belles de l'art égyptien.

Louxor est lumière vivante. D'après le nom même du sanctuaire, c'est l'endroit où chaque chose reçoit son Nombre, à savoir sa nature réelle. Pharaon, qui est à la fois Dieu et être humain, y naît. Il y célèbre aussi le mariage sacré qui place le couple royal à la tête de l'Etat.

La grande cour d'Aménophis III, avec ses colonnes papyriformes, est l'un des lieux les plus poignants d'Egypte. Il émane de ces formes parfaites une telle lumière que l'on se sent ébloui. Ici, le divin s'est fait réalité.

Un soir sur le Nil

Qui n'a pas vécu une soirée à Louxor ignore ce que peuvent être la douceur de vivre et la splendeur de la création. Lorsque le soleil décline, ses brûlures font place à des teintes rosées et dorées qui emplissent le ciel. Le vent du nord se lève, apportant une fraîcheur bienfaisante qui est le souffle même de la divinité. La pourpre émane du désert d'occident, déployant une paix profonde.

Le coucher du soleil sur le Nil est l'instant de plénitude par excellence. Quand l'astre rougeoyant s'apprête à disparaître sous l'horizon des apparences, un calme

Du haut de l'énorme pylône d'accès du temple de Karnak, on découvre la colonnade de Taharqa, la première grande cour et la gigantesque salle hypostyle dont l'accès est gardé par deux colosses royaux. En haut à droite, le lac sacré.

immense envahit la terre et les cœurs. Atoum, le créateur, se révèle dans la sérénité de l'âme apaisée pour laquelle rien ne compte, hormis cette lumière de l'instant où les multiples formes de la vie disparaissent dans le silence de l'éternité.

« L'illumination qui a suivi le départ du soleil a été extraordinaire, écrit Gustave Flaubert, et, pendant un quart d'heure, elle a rempli juste la moitié de l'horizon céleste, du nord au sud. Jusqu'à la hauteur de Vénus, ce n'était qu'or et feu, dans une limpidité sans pareille. Le Nil reproduisait exactement en presque aussi clair, quelquefois en plus clair, cette prodigieuse irradiation. L'inépuisable lumière jaillissait, jaillissait, pendant qu'à l'opposé, la nuit grise et fumeuse avançait pour lui disputer le ciel. Toute la mythologie, toutes les adorations, toutes les terreurs inspirées par la nuit, l'amour du soleil, roi du monde, la douleur de le voir mourir, l'espoir de le voir renaître demain dans Horus, la lutte éternelle et chaque jour renouvelée d'Osiris contre Typhon (Seth), nous avons eu tout cela sous les yeux. »

La voie des processions

Bien qu'ils soient distants l'un de l'autre d'environ 4 km, les temples de Louxor et de Karnak sont indissociables.

Ils sont reliés par une longue allée bordée de sphinx qui correspond à l'axe nord-sud de l'aire sacrée de Karnak, se prolongeant au-delà du dixième pylône. Ces sphinx sont des gardiens et des protecteurs. Incarnations de Pharaon en tant que garant et dépositaire de la loi divine, ils veillent à ce qu'aucun profane ne circule sur cette voie unissant Karnak et Louxor de manière fonctionnelle.

Lors de la fête du Nouvel An, un impressionnant cortège quittait Karnak pour se rendre à Louxor où Amon prenait la forme de Min, au sexe en perpétuelle érection, symbolisant l'aspect créateur de toutes les forces vitales. Le ciel était en liesse, la terre en joie. Le dieu reconnaissait Pharaon, son fils, et lui donnait l'accolade. Le cœur des dieux formant le cercle de l'Ennéade était rempli de bonheur, tandis que le peuple d'Egypte manifestait bruyamment son exaltation par un concert de cris. Les grands comme les petits avaient conscience de vivre une journée exceptionnelle dont ils savouraient le moindre instant.

Puis la procession entrait dans le temple pour y célébrer les rites secrets permettant à Pharaon de renaître. Les murs de Louxor étaient d'électrum, son sol d'argent, ses portes d'or, ses pylônes et ses obélisques montaient jusqu'au ciel, se mêlant aux étoiles.

Autour du lieu saint, des jardins plantés d'arbres. Et sur le fleuve, les barques du dieu Amon, de son épouse Mout et de son fils Khonsou, voguant sous les regards admiratifs d'une foule nombreuse.

Que reste-t-il des obélisques ?

En regardant la façade du temple de Louxor, formée des deux massifs du pylône que précèdent les colosses de Ramsès II, le voyageur le moins expert en égyptologie remarque aussitôt l'absence, fort gênante, d'un des deux obélisques. On sait que l'obélisque manquant se trouve aujourd'hui place de la Concorde, à Paris. On sait moins que son transfert d'Egypte en France est dû à Jean-François Champollion. Ce dernier n'a pas agi avec une mentalité de trafiquant d'antiquités, mais avec la volonté de sauver un témoin particulièrement significatif de l'art du Nouvel Empire.

Plus rapide et plus persuasif que les Anglais, Champollion réussit à convaincre le pacha Méhémet-Ali d'accorder à la France l'un des obélisques de Louxor. Le père de l'égyptologie eut la joie de voir sa proposition acceptée mais mourut avant de voir « l'aiguille de pierre » dressée à nouveau place de la Concorde. Le 4 juin 1987, j'ai eu la joie, lors du journal télévisé de treize heures sur la première chaîne, de voir dévoilées les plaques de ma traduction

Le seul obélisque encore debout, portant le nom du pharaon Thoutmosis Ier, dans la cour d'Aménophis III où il y avait autrefois quatre « aiguilles de pierre », pointées vers le ciel et chargées de dissiper l'énergie négative, afin de protéger magiquement le temple de toute perturbation extérieure.

des textes de cet obélisque, devenu ainsi « pierre parlante » pour les milliers de visiteurs qui lui adressent leurs regards.

L'obélisque est une denrée convoitée depuis l'Antiquité. Les Romains, notamment, en déplacèrent plusieurs. C'est pourquoi Rome est la ville du monde la plus riche en obélisques : treize, dont celui du Latran, qui n'est autre que le plus haut d'Egypte, obélisque unique primitivement situé à l'orient du temple d'Amon-Rê. Ce pillage explique pourquoi la forêt d'obélisques voulue par les bâtisseurs de Karnak est aujourd'hui réduite à trois de ces pierres levées encore pointées vers le sommet du ciel.

Le domaine des géants

La première vision de l'immense Karnak procure une émotion d'une rare intensité. « Je me garderai bien de vouloir rien décrire, écrit Jean-François Champollion ; car, ou mes expressions ne vaudraient que la mil-

Karnak est un immense domaine dont le maître est Amon, le dieu caché. Son grand temple, qui s'étend du premier pylône jusqu'à la porte d'orient, suit un axe est-ouest dont la « colonne vertébrale » passe par l'extraordinaire salle hypostyle aux chapiteaux géants.

lième partie de ce qu'on doit dire en parlant de tels objets, ou bien si j'en traçais une faible esquisse, même fort décolorée, on me prendrait pour un enthousiaste, peut-être même pour un fou. Il suffit d'ajouter qu'aucun peuple ancien ni moderne n'a conçu l'art de l'architecture sur une échelle aussi sublime, aussi large, aussi grandiose, que le firent les vieux Egyptiens ; ils concevaient en hommes de cent pieds de haut et nous en avons tout au plus cinq pieds huit pouces. L'imagination qui, en Europe, s'élance bien au-dessus de nos portiques, s'arrête et tombe impuissante au pied des cent quarante colonnes de la salle hypostyle de Karnak. »

Une très belle image des philosophes du Moyen Âge occidental évoque les anciens sages comme des géants sur les épaules desquelles nous devons monter pour découvrir de nouveaux paysages. Dans la langue hiéroglyphique, le terme d'ancêtres se lit « ceux qui sont devant ». Ce n'est pas le passé qui s'est figé à Karnak,

A l'extrême gauche.
Colosse ramesside réemployé par le grand prêtre Pinnedjem devenu pharaon à la Basse Epoque. Malgré le visage martelé, l'œuvre conserve toute sa puissance, à laquelle s'ajoute une note d'infinie tendresse, grâce à la présence d'une épouse royale, délicatement installée sur les pieds du colosse et protégée par lui.

Ci-contre.
Karnak, monde à découvrir : au hasard des zones peu ou pas fouillées, des chefs-d'œuvre surgissent des herbes folles, telle cette statue royale montrant Pharaon, bras croisés sur la poitrine, ayant en main le symbole hiéroglyphique de la vie.

mais l'avenir même de la spiritualité. Karnak, domaine de géants qui ont su déchiffrer les mystères de la vie et de la mort, demeure le temple des temples, celui où l'enseignement des sages est toujours perceptible.

Le Ciel sur la Terre

Karnak est un mot arabe qui signifie « village fortifié », le grand temple d'Amon étant apparu aux nouveaux occupants de l'Egypte comme une sorte de forteresse en raison de son mur d'enceinte et de son haut pylône d'accès. Les textes égyptiens nous révèlent les véritables noms du domaine d'Amon : « Celui qui dénombre les places », « place élevée », « ciel sur la terre », « cité de lumière », l'endroit où le créateur a posé le pied sur la terre des hommes. Karnak est aussi « l'Héliopolis du Sud », autrement dit l'équivalent méridional de la grande cité sacrée du Nord où ont été conçus les premiers rituels et les plus grands textes religieux.

L'aire sacrée de Karnak comprend trois enceintes, celles d'Amon, de son épouse Mout (à la fois Mère et Mort) et du vieux dieu thébain Montou, étoile et Force. Le grand temple d'Amon-Rê s'organise selon deux axes ; le premier, est-ouest, correspond à la course du soleil ; le second, nord-sud, qui est celui du cours du Nil, est un chemin processionnel.

Le domaine d'Amon s'étendait sur plus de cent hectares et, au temps de sa splendeur, occupait environ quatre-vingt mille personnes, prêtres, artisans, paysans, répartis dans soixante-dix villages, et comprenait de multiples richesses au nombre desquelles des terres, un cheptel abondant et un chantier naval.

Le temple était comme le ciel en toutes ses parties : une fois franchie la double grande porte, on quittait le monde des hommes pour pénétrer dans celui des dieux. Ce rite de passage nécessitait une purification. Chaque Egyptien devait travailler au temple quelques jours, chaque année, afin de s'imprégner d'une atmosphère sacrée qui rejaillirait ensuite sur son existence quotidienne. Ceux qui en manifestaient le désir se soumettaient à de difficiles épreuves pour faire partie du personnel du temple qui bénéficiait de logements à l'intérieur même de l'enceinte.

Des seuils, des portes et des pylônes

Une allée de sphinx mène vers l'immense premier pylône de Karnak. L'aire sacrée est peuplée de seuils, de portes, de temples et de pylônes qui ont rythmé sa croissance. Un texte a conservé le souvenir de la construction de l'un de ces pylônes sous la direction du grand pharaon Aménophis III, à qui l'on doit également Louxor. Pharaon est heureux de faire naître une nouvelle porte pour son père Amon, travaillée avec de l'or. Devant elle, le dieu sous forme de statues de béliers incrustées de lapis-lazuli. Le seuil était couvert d'argent. Le pylône lui-même atteignait le ciel, jouant un rôle d'étai. Contre sa façade étaient disposés des mâts à banderoles.

Les pylônes sont les portes du soleil. Par leur forme même, ils rappellent le hiéroglyphe formé de deux montagnes entre lesquelles se lève le disque solaire, incarnation visible de la lumière divine.

Un temple qui ne dort jamais

Imaginons les processions de Karnak, les porteurs de fleurs, de viandes, de vin, les prêtres tirant les bœufs gras, ceux maniant les encensoirs, les chasse-mouches, les ritualistes chantant les hymnes, ceux portant sur leurs épaules la grande barque d'Amon, ceux qui dansent... En tête, le grand prêtre, premier prophète du dieu, nommé par le roi, chargé des affaires spirituelles et temporelles. Lors de son intronisation, il a reçu deux anneaux d'or et une canne. A lui de se montrer digne de

La « chapelle blanche » de Sésostris Ier a été reconstruite à partir de blocs découverts dans le troisième pylône de Karnak. C'est l'un des rares rescapés de l'architecture du Moyen Empire. Couvert de hiéroglyphes et de scènes d'une totale perfection, l'édifice servait de reposoir de barque.

l'écrasante fonction dont il devient dépositaire.

Lors des grandes fêtes, la barque sacrée d'Amon sort du temple couvert, réservé aux initiés aux grands mystères, et apparaît à la lumière du jour. En bois de cèdre que Pharaon a coupé lui-même dans la terre du dieu, elle était entièrement travaillée en or. Des serpents protégeaient magiquement la chapelle qui contenait cette barque.

Karnak est sans cesse en activité, de jour comme de nuit. Le rite le plus développé et le plus important est l'éveil de la divinité à l'aube. Après s'être purifié dans le lac sacré, Pharaon pénètre dans le saint des saints. Lui seul peut y accéder. Il est vêtu d'un simple pagne à l'antique. Après s'être recueilli, il prononce les formules sacramentelles qui lui permettent d'entrer en contact avec le monde divin et d'ouvrir les portes du naos contenant la statue divine.

Celle-ci sort des ténèbres. Le roi a le devoir de la vêtir, de l'oindre et de la nourrir pour qu'elle s'emplisse à nouveau d'énergies dont dépend la vie sur terre. Pharaon formule la prière suprême : « Eveille-toi en paix. » Le divin et l'humain entrent à nouveau en contact. Suivront les rites de midi et du couchant, puis le retour au silence nocturne avant la préparation d'un nouveau soleil.

A l'intérieur de Karnak, des hommes travaillent à la rédaction et à la lecture des textes sacrés. D'autres apprennent la langue sacrée et méditent sur la signification des hiéroglyphes, les paroles des dieux. En petit nombre, ils sont des spécialistes de la plus subtile et de la plus puissante des énergies, la spiritualité.

Karnak est aussi le lieu d'une intense activité économique, avec ses ateliers où l'on fabrique les objets rituels, ses magasins où l'on entrepose les nourritures, les boucheries où l'on prépare la viande, les vergers et les jardins.

Lorsque la nuit est tombée, les astrologues montent sur le toit du temple et observent les étoiles. Ils notent soigneusement leurs conclusions, déchiffrant les destins imposés par les dieux.

Pas un instant, Karnak n'a cessé d'être en activité. Le temps n'a pas effacé les rites. Ils sont rentrés dans la pierre, se sont confondus avec les scènes gravées sur les murs. Ainsi, ils continuent d'être célébrés.

Quand résonne la voix d'Amon

Lorsque le dieu Amon désirait faire connaître ses volontés aux hommes, il faisait entendre sa voix à l'intérieur de son grand temple. C'est ce qui se produisit lorsqu'un jeune prince, le futur Thoutmosis III, pénétra dans l'enceinte sacrée comme un simple prêtre. Alors qu'il se tenait dans la « salle verte » hypostyle, Amon apparut. Il s'arrêta à la hauteur du jeune prince. Celui-ci s'étendit sur le sol et se tint prosterné devant le dieu. Amon reconnut Thoutmosis comme futur souverain. Il ouvrit pour lui les portes du ciel, lui permit de contempler sa forme mystérieuse et de parcourir les chemins secrets de l'univers. Il lui plaça la couronne sur la tête et le nourrit de la sagesse des dieux.

L'oracle d'Amon, mode de gouvernement, s'est éteint. Mais la voix du dieu qui rend stable la lumière circule encore entre les colonnes, emplit les salles, anime les pierres.

Une forêt de colonnes

Pour bien connaître Karnak, déchiffrer chacun de ses innombrables aspects, connaître son histoire, percevoir ses symboles, une existence humaine ne serait pas suffisante. Le voyageur se sent un peu perdu dans cette ville-temple où l'homme se sent presque insignifiant.

Le meilleur conseil à donner est sans doute de se perdre dans Karnak, de s'immerger en lui, de le parcourir lentement en tous sens, aux diverses heures du jour, et de le parcourir à nouveau.

Au nord du grand temple d'Amon, le temple de Ptah est l'édifice le plus romantique de Karnak. Erigé au Moyen Empire et restauré à l'époque ptolémaïque, il s'étend dans une solitude sereine, le long du mur d'enceinte. Les couleurs du couchant le drapent d'une robe d'or céleste.

Bien sûr, il y a des « temps forts » comme l'extraordinaire salle hypostyle : 5 400 m², 53 m de profondeur sur 102 de large, cent trente-quatre colonnes dont douze à chapiteau papyriforme ouvert bordant l'allée centrale et sur lequel pourraient tenir cinquante personnes... Ces chiffres évoquent le caractère gigantesque de cette forêt de colonnes qui portait les noms de « le roi est un être de lumière dans la demeure d'Amon » et de « lieu de repos pour le maître des dieux, lieu parfait de séjour pour l'Ennéade des dieux ». A l'extérieur des murs de la salle, la victoire du roi sur ses ennemis. A l'intérieur, une succession d'actes rituels, la consécration du temple et la fête de la renaissance de la lumière.

Des barques divines sur le lac sacré

Le lac sacré de Karnak, le plus vaste d'Egypte, est une oasis de paix. Il est l'incarnation visible du Noun, l'océan d'énergie des origines d'où provient la vie. Chaque matin, les initiés s'y purifiaient et y puisaient l'eau nécessaire pour accomplir les rituels. Lors de la célébration des mystères, des barques divines y voguaient. A l'un de ses angles, un scarabée géant, symbole du Principe en devenir et du soleil levant, vainqueur des ténèbres.

En allant vers l'ouest du temple, on traverse la « salle des fêtes » de Thoutmosis III pour atteindre les sanctuaires de l'est et notamment la chapelle d'Osiris, régent de l'éternité où s'accomplissent les ultimes rites de résurrection en présence des « Divines adoratrices » qui régnèrent un temps sur Thèbes comme de véritables monarques.

Le lieu est solitaire et relativement difficile d'accès, en raison des hautes herbes. Peu de pèlerins se rendent jusque-là. C'est pourtant l'endroit, tout près de la majestueuse et sublime porte d'orient, au-delà de laquelle il n'y a plus que le silence des dieux, où est né le temple de Karnak. En ce point où jaillit chaque matin la lumière renaît aussi le temple. La première lueur surgissant de l'orient est porteuse de toutes les lumières.

Les hirondelles de Karnak

Quand le soir vient, Karnak s'orne d'admirables couleurs. C'est l'heure où il est délicieux d'errer dans la ville-temple dont les ruines semblent se redresser dans la lumière du couchant.

Le temple de Ptah est particulièrement propice à la méditation. Consacré au dieu des bâtisseurs, il abrite une impres-

Le grand temple d'Amon s'achève par la monumentale porte d'orient, qui connaît les secrets de chaque lever de soleil depuis l'aube des temps. Au-delà règne une lumière inaccessible aux humains.

sionnante statue de la déesse lionne, Sekhmet la puissante, qui retourne, apaisée, dans les ténèbres.

Les ultimes rayons du soleil embrasent la porte d'orient, la « salle des fêtes », les obélisques, les colonnes de la salle hypostyle, le sommet des pylônes. Au-dessus du lac sacré, des dizaines d'hirondelles dansent une farandole en poussant des cris de joie.

Alors même que le pourvoyeur de vie a disparu sous l'horizon, son rayonnement anime encore ces monuments d'éternité où des hommes ont parcouru les chemins menant à la connaissance des dieux, où des chants et des prières se sont élevés avec ferveur pendant des siècles, où des chefs d'Etat ont accompli leur devoir de création en agissant comme des maîtres d'œuvre.

Karnak, clé de vie

L'hymne au soleil couchant nous demande de le vénérer quand il se repose en vie et navigue vers l'occident, le cœur heureux. Le ciel est resplendissant, le mal disparaît. L'éternité s'accomplit lorsque le soleil, voyageur du cosmos, rejoint le pays de lumière où l'attendent les ressuscités.

Karnak est une immense clé, à la mesure d'une civilisation, qui ouvre la porte du mystère de la vie. Elle s'offre à qui sait l'aimer de tout son être, à qui sait faire silence pour entendre la voix de la divinité attirée par ces pierres d'éternité comme par un aimant.

La nuit est tombée. Les temples de Karnak ne sont plus qu'une masse obscure d'où surgissent les traits de feu des obélisques, unissant à jamais la terre au ciel.

Vers la rive d'occident

L'heure est venue de traverser le Nil et de passer sur la rive d'occident. Il faut se lever très tôt pour prendre le premier bac du matin, déjà fort encombré. Pour les habitués de l'Egypte et de la région thébaine, il est préférable d'éviter le bac « officiel » des touristes et d'emprunter celui des paysans, lourdement chargé de matériaux en tout genre et de véhicules divers où prennent place les animaux.

« Je viens à toi, Soleil divin, j'adore ta perfection. Tu traverses le ciel en plénitude, jusqu'à ce que tu te couches dans le bel Occident. Permets-moi de compter au nombre de tes compagnons, d'être un membre de ton équipage dans la barque divine. Que mon âme repose dans l'Occident avec toi » (Stèle Florence 1572).

Les bateaux de tourisme apportent une note incongrue à un paysage millénaire composé du Nil et de la montagne de la rive ouest. Tout est calme ; mais bientôt, les écharpes de brume vont se dissiper et la vie quotidienne reprendre, sous le soleil d'éternité.

La rive ouest est celle des morts justifiés, de ceux qui ont été accueillis par la souriante déesse de l'au-delà, prête à leur offrir les nourritures et les boissons d'un banquet éternel. Cette nécropole thébaine, où furent érigés plusieurs grands temples et creusées des centaines de tombes, n'est pourtant pas un lieu funéraire voué au néant et au désespoir. Bien au contraire, elle est un hymne de soleil, de sable, de couleurs et de pierre à une vie en éternité qui se conquiert par la connaissance des textes sacrés et la victoire sur les épreuves imposées par les divinités.

Les graffitis sont sans âge

Les anciens Egyptiens aimaient méditer dans les endroits les plus désertiques de la nécropole thébaine. Face à face avec le silence aride régnant en ces lieux, ils se laissaient parfois aller à graver des graffitis sur les rochers. Ces modestes inscriptions

A Louxor, le premier bac du matin est fort encombré. Hommes, bêtes et véhicules s'y entassent. Cette gamousse a le privilège d'être installée sur une camionnette que son propriétaire s'apprête à lancer à l'assaut de la rive ouest.

ont été inventoriées. Plusieurs d'entre elles sont des invocations à Amon de Karnak, considéré comme un protecteur et un sauveur. « Offre-moi ton cœur, lui est-il demandé, ouvre pour moi tes oreilles et tes yeux, accorde-moi ta grâce chaque jour, augmente la durée de mon existence. » Le dieu de Thèbes est glorifié par les humbles comme par les grands, Lui qui est l'Unique et se transforme en multitude pour se rendre perceptible à l'humanité.

Jour de marché

La découverte de la rive occidentale de Thèbes est des plus pittoresques. Le débarcadère principal est toujours encombré d'une foule de touristes, de badauds, de vendeurs de fausses antiquités fabriquées dans des ateliers spécialisés. Echapper à cette cohue n'est pas toujours facile. La route traversant les cultures et menant vers la nécropole est le plus souvent sillonnée

Parfois, pour égayer la teinte grise du limon du Nil dont sont faits les murs des maisons, leurs habitants les peignent, traçant des scènes naïves où ils évoquent tantôt l'Egypte ancienne, tantôt leur pèlerinage à La Mecque.

Les marchés sont toujours très animés. On y palabre beaucoup, on y échange des denrées, on y vend des épices, du blé, des volailles, on s'y fait prédire l'avenir. Les paysannes sont vêtues d'une longue robe noire, inconnue des Egyptiennes de l'Antiquité.

Les « colosses de Memnon », qui comptèrent au nombre des merveilles du monde, sont les seuls vestiges du grand temple funéraire d'Aménophis III, sur la rive occidentale de Thèbes. Chacun d'eux était taillé dans un seul bloc de grès. Ils apparaissent aujourd'hui comme les gardiens de la nécropole thébaine.

par un grand nombre de véhicules. Ses bas-côtés sont fréquemment occupés par des marchés où, dans une confusion apparente, se déroule des tractations commerciales animées. Les épices sont toujours présentes : safran, poivre, cumin, coriandre, ainsi que du henné, des feuilles de séné, des poudres cosmétiques et des herbes médicinales. Sur des couvertures déployées sur le sol, du blé, de la canne à sucre, des œufs, des oignons, des tomates, des fèves, des cages à poulet. Entre les acheteurs circulent des ânes, des chèvres et des brebis. Des bouchers débitent de la viande, des porteurs d'eau offrent de quoi se désaltérer après les palabres, des devins prédisent l'avenir.

Les paysans sont vêtus d'une galabeyya, tunique de coton le plus souvent bleu indigo ou blanchâtre. Sans col et sans ceinture, très ample avec des manches longues, elle tombe jusqu'aux chevilles. La plupart des paysannes s'habillent d'une austère robe noire. Coquettes, elles aiment les colliers et les bracelets. allant le plus souvent pieds nus, elles portent sur la tête jarres ou

paniers. Cette pratique est fort ancienne ; sur les bas-reliefs de l'époque pharaonique, les servantes portant ainsi un vase sur la tête n'hésitent pas, cependant, à le tenir d'une main pour assurer sa stabilité.

Le choix d'une robe longue correspond à des impératifs d'ordre sexuel et magique. Les jambes, en effet, doivent rester cachées. De plus, la marche pieds nus laisse des empreintes. Un magicien pourrait les relever et les utiliser de manière négative. Une robe longue, en traînant sur le sol, les efface.

Des colosses gardiens de l'éternité

Sur la rive occidentale, la première manifestation du sacré que rencontrent la plupart des voyageurs, ce sont deux statues géantes, en mauvais état de conservation, les « colosses de Memnon ». Ils furent considérés comme l'une des merveilles du monde et sont les seuls vestiges du temple funéraire d'Aménophis III, démonté pierre par pierre. Ces colosses, qui représentent Pharaon, furent taillés dans un seul bloc de grès provenant de la carrière

Sur la nécropole thébaine règne une impressionnante montagne, couronnée par une cime en forme de pyramide. On distingue ici le chemin escarpé qui mène au sommet où règne une déesse, « Celle qui aime le silence ». Les constructions modernes, murets ou baraques à l'abandon, ne parviennent pas à défigurer ce site grandiose et viennent mourir au pied de la montagne.

de la Montagne rouge, à plus de 700 km de Thèbes.

Ils avaient la réputation d'émettre, à l'aube, un chant mélodieux. Nombre de voyageurs illustres vinrent assister à ce miracle. Mais, en 199 ap. J.-C., le Romain Septime Sévère eut la malencontreuse idée de faire une restauration en bouchant des fissures... Depuis cette date, les colosses se taisent. Ils continuent néanmoins à remplir un rôle de gardiens vigilants de la nécropole thébaine qu'ils semblent protéger du monde profane par leur seule présence.

Dans les belles vallées de l'au-delà

La montagne, couronnée par la cime d'occident auquel conduit un chemin escarpé, domine ce que l'on a coutume d'appeler des « vallées » : vallée des rois, vallée des reines, vallée des nobles. Que l'on ne s'attende pas, cependant, à des paysages verdoyants, à des prairies où couleraient des rivières bordées d'arbres. Ici se trouvent les royaumes du désert et du silence.

Quelques villages affirment une présence humaine. La plupart des maisons sont installées sur des tombes et leurs propriétaires n'ont pas manqué, notamment au dix-neuvième siècle, d'y recueillir des antiquités pour en faire le trafic. Les murs de ces pauvres demeures sont parfois peints de scènes colorées et naïves, évoquant maladroitement l'Egypte ancienne ou, la plupart du temps, les épisodes d'un voyage à la Mecque.

Presque toute l'année, le soleil se montre ici d'une ardeur implacable. Il est vrai que nous nous aventurons dans un pays qui n'est plus de ce monde. Là furent construits d'immenses temples, « châteaux des millions d'années », dont la fonction est de faire vivre l'âme ressuscitée des pharaons. Là furent creusées d'innombrables tombes, « demeures de régénération », dont beaucoup furent pillées et dont certaines restent à découvrir.

Ce sont les belles vallées de l'au-delà que le voyageur est invité à découvrir, les parfaits chemins de l'éternité qu'il est convié à parcourir.

Le grand temple de Médinet-Habou, construit par Ramsès III à l'emplacement de la butte primordiale où huit divinités créèrent l'œuf du monde. Au premier plan, le mur d'enceinte. Le temple était établi à la lisière des cultures et servit de lieu d'asile aux époques troublées. D'admirables reliefs décrivent les rituels des dieux Sokaris et Min.

La montagne du silence

Faire l'ascension de la montagne d'Occident offre un parcours rituel d'une exceptionnelle intensité. Le sentier est étroit, marqué par des passages et des haltes. Au sommet, une sorte d'oratoire où l'on est à l'abri des rayons du soleil. De là-haut, on contemple la nécropole dans son entier.

Le sommet est placé sous la protection d'une déesse serpent, Meresger, « Celle qui aime le silence ». Les artisans qui travaillaient dans le village de Deir el-Médineh, avant d'être admis dans la communauté très fermée de ceux qui creusaient et décoraient les tombes royales, devaient subir l'épreuve de la cime.

Là, ils étaient confrontés, de leur vivant, à leur propre mort. Ils apprenaient à en déchiffrer la signification. Ils recueillaient du regard de la déesse une vie transfigurée, la jeunesse éternelle de l'âme contre laquelle les assauts du temps ne peuvent rien.

C'est sur cette cime qu'il faut comparaître devant Maât, la Règle universelle, pour être confronté à son propre cœur, son désir spirituel. La balance du jugement ne peut être manipulée par les humains. Aussi chaque être doit-il préserver en lui « le cœur de sa mère », symbolisé par un scarabée de pierre, image des mutations et des métamorphoses incessantes de la conscience.

La déesse du silence nous apprend que la mort est inertie et refus de la lumière. La vie est voyage, don de soi, amour du sacré. La disparition physique n'est qu'un événement mineur. La « seconde mort », en revanche, celle qui découlerait d'un jugement négatif émis par le tribunal divin, nous condamnerait à l'anéantissement.

La rive occidentale de Thèbes est consacrée à cette géographie de l'au-delà, présente sur terre par ses temples et ses tombeaux, pour nous enseigner les paysages de l'âme et nous guider sur cet itinéraire de la transmutation de notre être. N'est-il point le voyage le plus essentiel ?

Médinet-Habou, butte primordiale

Médinet-Habou, le « château des millions d'années » de Ramsès III dresse sa masse imposante à la limite des cultures. C'est le plus grand des temples funéraires égyptiens. Il est construit sur la butte de Djemê, là où sont enterrés les huit dieux primordiaux qui créèrent l'œuf du monde. Amon, venant de Karnak, leur rendait régulièrement visite, veillant à ce qu'ils demeurent présents dans ce sanctuaire qui porte le nom de « uni avec l'éternité ».

Ramsès III, qui fut le dernier très grand monarque de l'histoire égyptienne, réussit à préserver son pays de l'invasion des Peuples de la mer en remportant la première bataille navale d'importance, dont les épisodes sont représentés sur les murs du temple. Médinet-Habou fut une véritable ville-temple, à l'instar de Karnak, avec ses magasins, ses ateliers, ses bureaux, ses logements pour les prêtres et les fonctionnaires, sa propre cour de justice et sa propre administration.

Son pylône d'accès et sa tour inspirée d'un modèle syrien évoquent une véritable forteresse. Aux époques troublées, Médinet-Habou fut effectivement un lieu d'asile où l'on venait se réfugier pour échapper aux bandes de brigands.

Le temple de Ramsès III, malgré les destructions subies, demeure l'un des géants de l'architecture égyptienne. Ses superbes reliefs dévoilent les rituels célébrés en l'honneur de Sokaris, le dieu des espaces souterrains, et de Min, celui de la puissance fécondatrice.

Médinet-Habou est un monde à lui seul, où l'on éprouve un sentiment de vastitude et de puissance. Il fourmille de richesses encore bien mal connues, qu'il s'agisse d'une scène aux couleurs chatoyantes ou des chapelles des « Divines adoratrices », reines de Thèbes à la Basse Epoque.

Deir el-Bahari, « sublime des sublimes »

Le temple de Deir el-Bahari, créé par la fameuse reine-pharaon Hatchepsout et son maître d'œvre Senmout, portait le nom de « sublime des sublimes ». Construit en terrasses, adossé à une falaise formant le fond du sanctuaire, l'édifice était précédé de jardins plantés d'arbres à encens et de bassins d'eau fraîche.

Consacré à Amon, à Anubis, le dieu momificateur qui connaît les routes de l'autre monde, et à Hathor, la vache cosmique contenant les étoiles et allaitant les êtres de lumière, Deir el-Bahari offre au regard des bas-reliefs d'une extraordinaire finesse relatant le transport des obélisques d'Hatchepsout d'Assouan à Karnak, la naissance divine de la reine et l'expédition maritime au merveilleux pays de Pount pour en rapporter les arbres à encens. L'encens, dont le nom égyptien est « ce qui rend divin », était destiné à Amon.

Dans le saint des saints résident deux sages : le maître d'œuvre Imhotep, qui construisit la pyramide à degrés de Saqqarah, et Amenhotep fils de Hapou, autre architecte génial et conseiller d'Aménophis III.

Pour apprécier la majesté et la beauté du temple de la reine Hatchepsout, il faut monter sur la cime d'occident au petit matin, attendre que la brume se dissipe et que le soleil pare de teintes chaudes les terrasses s'élançant vers la montagne. La pureté de cette architecture, en dépit de quelques restaurations maladroites, attire le qualificatif de sublime.

Et que dire des figurations sculptées du visage de la déesse Hathor, de cette femme mystérieuse qui, sous sa forme de vache, porte le soleil entre ses cornes, nourrit Pharaon de son lait et fait danser les étoiles ?

Hathor est la beauté même. Son sourire est joie apaisée. C'est elle qui nous permet de passer de l'autre côté du miroir. A Deir el-Bahari, elle attend chacun des voyageurs pour lui révéler son destin.

Couleurs et reliefs du temple de Deir el-Bahari, conçu par la reine-pharaon Hatchepsout, sont d'une finesse inégalable. Ici, sous un plafond étoilé et une frise de cobras protecteurs, est tracée l'image de Nekhbet qui, sous la forme d'un vautour aux ailes déployées, offre à Pharaon l'anneau qui symbolise sa maîtrise des cycles du cosmos.

Les piliers de Deir el-Bahari offrent au regard des figurations inoubliables de la déesse Hathor, femme aux oreilles de vache et à l'épaisse perruque. Sourire et gravité sont indissociables, comme il sied à la souveraine des étoiles, dispensatrice de l'amour.

Tête d'un colosse fracassé, au Ramesseum. Le pharaon porte la double couronne symbolisant l'union de la Haute et de la Basse-Egypte. A son front, l'uraeus, cobra protecteur qui jette un feu pour ouvrir la route du monarque et le protéger de ses ennemis.

Le Ramesseum est le « temple des millions d'années » du pharaon triomphant, Ramsès II. Malgré ses plaies, il dresse encore fièrement ses puissantes colonnes et ses statues du roi en Osiris. Devant l'un des pylônes du temple, il est doux de s'asseoir à l'ombre d'un acacia.

Le temple de Deir el-Bahari, vu du haut de la montagne d'occident. Malgré de malheureuses restaurations qui raidissent ses formes, le sanctuaire d'Hatchepsout mérite son nom de « sublime des sublimes ». Ses terrasses s'élancent vers la falaise qui forme le fond du saint des saints. Ici sont vénérés Amon, Hathor, Anubis et les plus grands sages d'Egypte.

Géant fracassé, le Ramesseum, temple funéraire de Ramsès II, demeure pourtant l'un des hauts lieux de la rive ouest. A la lisière des cultures, au sud-est de la colline de Cheikh Abd el-Gournah, il présente avec fierté ses vestiges : pylône d'entrée, cour, piliers osiriaques, partie centrale de la grande salle à colonnes et le célèbre « soleil des princes », gigantesque colosse foudroyé qui était haut de 18 m et pesait plus de 1000 tonnes.

Autour du temple, des entrepôts dont subsistent des voûtes en briques. Ils abritaient nourritures solides et liquides, bibliothèque, dépôts de papyrus, matériels de scribes, objets cultuels.

C'est dans la lumière douce d'une fin d'après-midi que l'on pénètre dans les mystères du Ramesseum. Près du sanctuaire subsistent des tamaris et des acacias sous lesquels il fait bon s'asseoir pour savourer les tons chauds de la pierre, évoquer les représentations animées de la bataille de

« *La rosée du fleuve t'est destinée, dit le* Livre de sortir dans la lumière, *à toi qui es devenu Osiris. A présent, tu bois de l'eau parmi les dieux. Désormais, tu connais les chemins du ciel et de la terre.* »

« *Que ton cœur soit joyeux, chante le harpiste. Suis ton désir spirituel, n'aies pas le cœur étroit, accomplis une journée parfaite.*
Ne te souviens que des moments heureux, jusqu'au jour où il te faudra aborder à la terre du silence. »

Kadesh, les fureurs éteintes de la prise des forteresses syriennes par les armées du grand Ramsès, les processions de prêtres portant l'effigie du pharaon, la fête de Min où était présentée la première gerbe, le moment grandiose où Ramsès, sous le perséa sacré d'Héliopolis, voyait son nom inscrit par les divinités sur les feuilles de l'arbre de vie.

Et tourne la roue...

Est-il vraiment possible de quitter Thèbes ? Est-il vraiment possible d'épuiser toutes ses richesses ? S'arracher à la vision de la montagne d'occident, à celle des couchers de soleil sur le Nil, à la splendeur des temples, à l'univers fascinant des demeures d'éternité fut toujours pour moi un déchirement.

Louxor n'a rien perdu de son rayonnement et de sa puissance. Le fracas des armes s'est éteint, les voix de la spiritualité égyptienne sont plus intenses que jamais. Apurées par l'épreuve du temps, elles se font entendre avec de plus en plus de force.

Avant de poursuivre le voyage vers la Moyenne Egypte, vers d'autres temples et d'autres sites, il est bon d'errer dans la campagne, de flâner dans les palmeraies, de se promener au bord du Nil, de longer des canaux. Çà et là, on découvrira une roue hydraulique, une sâqieh ou un chadouf. Ces noms exotiques désignent des systèmes simples, mais efficaces, d'irrigation dont certains étaient déjà utilisés par les anciens Egyptiens.

Sâqieh et chadouf tendent à disparaître du paysage égyptien, remplacés par des pompes. La sâqieh est composée d'une grande roue à engrenage qui met en mouvement un tambour entraînant une chaîne sans fin de jarres ou de godets en terre cuite. Liés ensemble, ils vont puiser l'eau pour l'acheminer vers les champs.

Le plus souvent implantées à l'ombre d'un arbre, les sâqiehs sont mues par un animal, buffle ou chameau. Le mécanisme tourne sans fin, émettant une plainte grin-

Un système d'irrigation traditionnel, simple roue hydraulique actionnée par une gamousse qui tourne sans cesse, sous la conduite d'un enfant. Jour après jour, année après année, millénaire après millénaire, l'eau est acheminée vers les champs pour que la terre soit fertile.

La gamousse, buffle d'origine indienne qui a remplacé le bœuf de l'ancienne Egypte, est un animal paisible, rude au travail, aux maigres besoins et dont le plus grand plaisir consiste à se baigner dans l'eau des canaux.

çante. Une sâqieh est possédée, la plupart du temps, par plusieurs familles qui viennent la faire fonctionner, chacune à tour de rôle. Il n'est pas rare de voir un enfant guider une gamousse dont les yeux ont été bandés pour l'empêcher de subir un vertige. Au lever du jour, l'enfant chante une vieille mélopée : « Soleil qui sort de la montagne, sois le bienvenu. Holà, buffle, hâtons-nous ! La journée sera longue. Tournez la roue pour arroser la terre féconde. Fatiguez-vous pour moi, pour me rendre joyeux ! »

Quant au chadouf, il se compose de deux poteaux fichés en terre reliés par une barre horizontale. A une extrémité, une masse de pierres ou de poteries ; à l'autre, un seau que l'on plonge dans l'eau puis que l'on élève au niveau du champ ou du canal.

Travail monotone, fastidieux, pénible qui semble sans fin et que le paysan rythme d'un chant de désespérance : « As-tu décidé de m'étrangler, ô Dieu ? Détache le nœud ! Ni père, ni mère ne pleurent sur moi, ni tante ni sœur. » Toute cette peine, cependant, n'est pas inutile. Grâce à ces machines, l'Egypte des pharaons connut une extraordinaire prospérité agricole.

Sur cette terre aimée des dieux, le travail de l'homme a encore un sens. Sa main demeure le plus fabuleux des outils, comme celle du potier qui fait naître des vases sur son tour. Il répète l'acte du créateur, qui façonnait ainsi tous les êtres vivants. Comment mieux évoquer la création, fût-elle de l'ordre le plus spirituel, qu'en termes d'artisanat ?

Et tourne la roue des sâqiehs, s'élève le seau du chadouf, fonctionne le tour du potier... Et s'éloigne Thèbes.

Ci-contre.
D'une main experte, le potier fabrique vases et jarres dont l'usage est largement répandu. Il imite ainsi le geste du créateur, qui modèle sur son tour tous les êtres vivants.

Page de droite.
Sur le bord d'un canal, un paysan manie un chadouf. Cette machine très simple, qui permet d'irriguer les cultures au prix d'un geste répété sans cesse, était largement utilisée par les anciens Egyptiens et donnait d'excellents résultats.

DE LOUXOR A MEMPHIS

Assis au bord d'une route, non loin de l'ombre bienfaisante des arbres, deux hommes âgés regardent passer le temps. A côté d'eux, des jarres remplies d'eau fraîche. L'eau appartient à Dieu. L'homme ne peut la refuser au voyageur qui a soif.

De Louxor à Memphis, le Nil décrit une première courbe qui semble faite pour abriter un joyau, le temple de Dendera. Puis il en esquisse une autre, très ample, qui part d'Abydos, la ville sacrée d'Osiris pour se terminer à Meidoum, porte du Fayoum et de la région memphite.

Cette région est parfois nommée « Moyenne Égypte ». Elle abrite des sites exceptionnels, assez peu visités.

Le voyage en bateau permet de découvrir des paysages sans âge, où le temps s'écoule hors des fracas de l'actualité, où les hommes ont appris à ne pas se presser et à vivre au rythme de la nature. Au bord d'un canal, on rencontre parfois des vieillards assis à côté de grandes cruches remplies d'eau fraîche. Ils ne la refusent pas au voyageur fatigué qui a besoin de se désaltérer.

Le paysage, c'est avant tout ce Nil aux couleurs changeantes qui coule entre deux rives parsemées de villages, souvent perchés sur des buttes où ils étaient, autrefois, à l'abri de l'inondation. Ça et là, des paysannes font la lessive ou la vaisselle ; des gamousses prennent le frais, leur tête seule émergeant hors de l'eau. Des palmiers, souvent penchés, dressent leur panache vert dans un ciel où le bleu l'emporte le plus souvent sur le gris ; des eucalyptus étendent leur feuillage apaisant.

Jarres, pots et vases sont encore fabriqués en grande quantité. Toutes les familles les utilisent pour des usages domestiques. Leur transport s'effectue le plus souvent par le Nil. La ville de Qenah a fait de ses vases une spécialité artisanale réputée dans tout le pays.

Des villages et des fellahs

Le paysan d'Égypte se nomme « fellah », c'est-à-dire « celui qui bêche », « celui qui laboure ». C'est lui qui a nourri, des siècles durant, la plupart des pays du Proche Orient et rempli les greniers à blé de Rome et de Byzance. Qu'il soit debout dans les champs, sous le soleil, penché sur le vert ou sur l'or des champs, menant sa charrue ou maniant le chadouf, il est le témoin impassible des générations qui se succèdent. Après les Égyptiens vinrent

Un village typique des bords du Nil dans la lumière d'un matin calme. Modestes maisons à deux étages aux murs de limon ou de brique crue, toits encombrés de paille, animaux mêlés à la vie des hommes.

les Grecs, les Romains, les Byzantins, les Turcs et enfin les Arabes. Les races se sont mélangées, les gestes du labeur agricole n'ont guère varié.

Pour le fellah, le village est la véritable patrie, la communauté de base dont il est issu, sa valeur première. A la question : « De quelle nationalité es-tu ? », il répondra plus facilement : « Je suis du village d'Abou Korkas » que « Je suis égyptien ». Les fellahs ne résident pas dans des fermes ou des maisons isolées même si, l'été, ils dorment parfois en plein champ dans des abris de roseaux que gardent leurs chiens avec vigilance.

Des maisons en limon du Nil

Les villages des bords du Nil se caractérisent par une vie animée où mille et une scènes se succèdent au long de la journée ; enfants qui jouent, femmes vaquant à leurs tâches ménagères, portant des cruches sur la tête, se réunissant pour palabrer, ânes rentrant des champs, chargés de canne à sucre, vieillards fumant le narguilé... Les villages sont souvent environnés de palmiers, lesquels sont également présents entre les maisons pour donner de la fraîcheur. Ces petites communautés sont ramassées sur elles-mêmes ; lorsqu'elles prennent un peu d'épaisseur, elles sont divisées par un réseau de ruelles dont certaines n'autorisent pas le passage d'une voiture et forment un réseau inextricable.

La maison du fellah est généralement des plus modestes : quatre murs bas en limon du Nil ou en briques crues recouvertes d'un platrage de terre, un toit en paille, souvent une terrasse qui, lorsqu'elle n'est pas encombrée de matériaux divers, est un lieu de repos où l'on aime s'asseoir pour observer les alentours. Là sont entreposés des fagots de tiges desséchées de maïs et du combustible consistant en galettes de bouses de vaches, préparées par les femmes qui les laissent sécher au soleil avant de les entasser en piles. A l'intérieur, de petites pièces équipées de bancs, de tapis et de nattes. Chaudrons de cuivre, cruches en terre, écuelles de bois complètent ce modeste mobilier.

Une boucherie en plein air. Le propriétaire du fonds de commerce est confortablement installé sous un tamaris. La marchandise, un quartier de viande suspendu à une branche, bénéficie d'un traitement de faveur puisqu'elle est recouverte d'un linge.

Les animaux vivent près des humains. Ils vont et viennent dans les cours intérieures et s'aventurent dans les maisons mêmes.

Personnage central de cette vie rurale : la mère de famille, maîtresse incontestée de la demeure. Les racines du profond respect qu'elle inspire remontent à l'ancienne Égypte. Les paroles du sage Ani, s'adressant à un enfant, demeurent sacrées : « Quand tu seras un homme et que tu prendras femme, rappelle-toi comment ta mère t'a mis au monde et tous les soins qu'elle t'a donnés. »

Les fillettes disposent d'une réelle indépendance jusqu'à leur mariage. Devenues mères, elles jouissent de nouveaux privilèges. En voyant passer ces femmes, au bord du Nil, une jarre en équilibre sur la tête, j'ai souvent pensé aux maximes du sage Ptahhotep, qui vécut au temps des pyramides. Il recommandait de ne jamais mépriser les humbles et de considérer chaque être humain dans sa dignité. « La plus belle pensée, écrivait-il, est plus cachée qu'une pierre précieuse. On la trouve pourtant chez les femmes qui travaillent aux meules. » Extraordinaire prémonition : le plus grand texte philosophique de l'Égypte ancienne, intitulé « document de théologie memphite », fut gravé sur une pierre que des paysans utilisèrent comme meule ! Et c'est dans une ferme, auprès des pauvres gens, que l'on redécouvrit la pensée des sages de l'Ancien Empire.

Une modeste ferme, avec son système d'irrigation. La petite palmeraie procure ombre et fraîcheur. Les paysans viennent y faire la sieste et y passent même la nuit pendant la saison chaude.

Dendera, temple de l'amour

A une soixantaine de kilomètres au nord de Louxor, dans une campagne verdoyante, se dresse le temple de Dendera, domaine de la déesse Hathor.

Les édifices subsistant datent de l'époque ptolémaïque. Mais le site est beaucoup plus ancien. Dès l'Ancien Empire existaient là une ville et un sanctuaire construit à la lisière du désert.

Le nom de Hathor signifie « demeure d'Horus ». Autrement dit, la déesse est indissociable du dieu à forme de faucon qui joue le rôle de protecteur de la monarchie. Dendera, le temple de Hathor, et Edfou, le temple d'Horus, sont d'ailleurs étroitement liés. Chaque année, le couple divin doit être formé à nouveau lors d'un voyage rituel.

Hathor est à la fois le ciel étoilé et la vache du cosmos offrant le lait des étoiles à Pharaon pour qu'il grandisse et devienne un être à la mesure de l'univers. Hathor est matrice et réceptacle qui contient Horus. Définie comme « celle qui est », comme le Créateur féminin, Hathor est « la dorée » qui sème les émeraudes, les malachites et les turquoises pour en faire des étoiles. Ainsi illumine-t-elle le ciel entier, offrant à l'humanité des points de repère pour déchiffrer le message des dieux.

Hathor est la déesse de l'amour sous toutes ses formes, depuis l'Amour céleste, d'origine non humaine, jusqu'au plaisir physique. Elle offre la joie à qui la vénère, crée les chants et les danses. Aux femmes, elle a donné l'art du maquillage, le goût des parfums et des parures. Lors d'une fête où Pharaon se livre à une danse rituelle,

Le temple de Dendara, demeure sacrée de Hathor, déesse de l'amour et de la joie, est un édifice musical, vibrant au rythme des harmonies du ciel et de la terre. Érigé au cœur d'une campagne belle et paisible, sourire de pierre, il est ultime écho des chants et des fêtes célébrés en l'honneur de la plus belle des déesses.

Le lac sacré du temple de Dendara ressemble aujourd'hui à un jardin où ont poussé des palmiers. Par quatre escaliers partant des angles, les prêtres y descendaient pour se purifier et recueillir l'eau primordiale utilisée dans les cérémonies. Au fond, on voit le mur d'enceinte isolant l'aire sacrée du monde extérieur.

Hathor répand une ivresse de nature mystique. Les esprits des participants sont emportés dans un tourbillon d'énergies, dans une spirale musicale que traduisent dans la pierre les « piliers hathoriques ».

Mais Hathor est aussi la déesse de la mort heureuse. Cachée dans le perséa ou dans l'acacia, elle dispose d'un vase d'eau fraîche qu'elle offrira au voyageur de l'au-delà afin qu'il ne souffre pas sur les routes de l'éternité.

Un temple musical

Toutes les fonctions de la déesse sont présentes dans son temple de Dendera qui éclaire la terre de sa splendeur. Champollion, qui découvrit le sanctuaire la nuit, en ressentit la plus vive émotion. « Ce qui était magnifique à la clarté de la lune, écrit-il, l'était plus encore lorsque les rayons du soleil nous firent distinguer tous les détails. Je vis dès lors que j'avais sous les yeux un chef-d'œuvre d'architecture… elle s'était soutenue digne des dieux de l'Egypte et de l'admiration de tous les siècles. »

Dendera est « le château du sistre ». Ce dernier est un instrument de musique que les prêtresses agitaient en cadence pour produire des vibrations positives, écartant les malheurs et attirant l'harmonie. Or toutes les colonnes du temple apparaissent comme des sistres géants qui font de l'édifice entier un gigantesque instrument de musique en liaison avec les rythmes secrets du cosmos.

Pénétrer dans Dendera, c'est entrer à l'intérieur de cette musique des sphères, devenir soi-même une harmonique, connaître cette ivresse spirituelle qui nous emmène de la terre aux étoiles, gravées sur les plafonds astronomiques du temple.

Les colonnes-sistres sont surmontées d'une tête de la déesse, à la féminité rayonnante, pourvue d'oreilles de vache qui ne sont nullement choquantes. Elles symbolisent l'infini pouvoir de Hathor, capable d'entendre les plus subtiles mélodies de l'esprit.

Grâce à la musique du temple, l'être devient transparent. Son cœur se dilate, aucune ombre ne subsiste dans sa poitrine. Ses mains sont purifiées, sa pensée devient droite, il est capable d'agir en rectitude. C'est dire qu'un voyage à Dendera est une rencontre privilégiée avec la grande déesse.

Du toit du temple majeur, on découvre le mammisi, temple où la déesse, à la fois Isis et Hathor, donnait naissance au dieu Horus, sauveur de l'humanité. L'endroit évoque le marais des origines où Isis et son fils s'étaient réfugiés pour échapper à Seth, l'assassin d'Osiris, contre lequel Horus aura à lutter pour rétablir l'harmonie.

« Fais chaque jour ce qui doit être fait, dit le sage Ani, respecte la coutume. Prends soin de travailler la terre à la saison du labour afin que ta demeure connaisse l'abondance. Si le travail n'est pas accompli en son temps, il ne le sera jamais. »

Il y a beaucoup de représentations du ciel à Dendera. Y voguent les barques des dieux et déesses, s'y dévoilent les décans avec leurs symboles. Le fameux zodiaque de Dendera, prouvant l'existence d'une astrologie égyptienne, a fait couler beaucoup d'encre, surtout en ce qui concerne sa date. S'il est bien d'époque tardive, il ne fait que reprendre des éléments antérieurs. Les Égyptiens pratiquaient bien une astrologie sacrée, centrée sur la personne de Pharaon en tant que « fils du soleil », et représentant symbolique de son peuple.

Comme Edfou ou Philae, autres temples ptolémaïques, Dendera comprend un nombre élevé de salles grandes et petites, de couleurs, d'escaliers. C'est un monde sacré d'une grande complexité, mais parfaitement cohérent, que les divinités ont demandé aux Maîtres d'Œuvre de concrétiser pour qu'il devienne perceptible aux humains.

Un zodiaque et des cryptes

Les cryptes de Dendera sont particulièrement impressionnantes. Il s'agit de petites pièces allongées où étaient conservés des objets précieux utilisés lors des rituels. Sur les murs sont toujours présentes les représentations qui continuent à les faire vivre. Là, les forces divines subsistent dans le silence et préparent l'or alchimique dont Hathor a la maîtrise.

L'une des inscriptions de ces cryptes évoque à merveille les instants de bonheur vécus en ces lieux : « Quand la déesse sort, tout mal est écarté. Le cœur de la déesse et les divinités du ciel sont en joie. Le vin coule pour les habitants de Dendera, tous les enfants se réjouissent en l'honneur de la déesse d'or, depuis le lever du soleil jusqu'à son coucher. »

Face aux étoiles

Vers la fin d'après-midi, monter sur le toit du temple est une expérience inoubliable. De l'endroit où travaillaient les astrologues, « les prêtres de l'heure », on découvre la campagne environnante, si douce dans ses innombrables teintes de vert.

Visions magnifiques que le lac sacré, où ont poussé des palmiers, que le mammisi, temple où la déesse Isis-Hathor donnait naissance à Horus, l'enfant-dieu, que le petit sanctuaire d'Isis, situé derrière le grand temple.

Vision émouvante que le kiosque du Nouvel An, érigé sur le toit, pour y accueillir la statue de la divinité afin qu'elle soit régénérée par les rayons du soleil.

Le couchant revêt d'or les pierres chaudes du temple de la Dorée. L'air est doux, fluide. Les bruits s'estompent. La campagne est paisible. Une à une, les étoiles vont bientôt apparaître.

« Que ton cœur se réjouisse sans cesse de tout le bonheur que tu as connu depuis que tu marches sur l'eau de ton maître, le dieu de la Connaissance (Thot).
C'est l'eau de la vie qui servit de guide à ton cœur »
(Inscription du tombeau de Petosiris).

La façade du temple d'Abydos, sanctuaire d'Osiris. Si l'aspect extérieur est rébarbatif, Abydos demeure l'un des hauts lieux de la spiritualité égyptienne. Ses admirables reliefs dévoilent le rituel du culte divin journalier et les mystères de la résurrection.

C'est toute l'Egypte d'aujourd'hui qu'évoque cette vision : d'un côté la tradition représentée par le fellah et ses gamousses, marchant à leur rythme ; de l'autre, le modernisme, avec ses routes et ses voitures. Les deux mondes s'entremêlent.

Abydos est un site secret, décevant au premier abord. La façade du temple, mutilée, semble, dans son état actuel, presque hostile, refermée sur elle-même.

Une fois à l'intérieur, tout change. C'est l'émerveillement. Les scènes qui relatent les différents épisodes du culte divin journalier rendu par Pharaon aux divinités sont d'une extraordinaire perfection. Le relief est vigoureux, précis, les couleurs d'une incroyable fraîcheur.

Parmi celles-ci, un ensemble retient plus particulièrement l'attention : celui qui est consacré aux grands mystères, c'est-à-dire à la résurrection d'Osiris, assassiné par son frère Seth. Grâce à l'intervention d'Isis, grande magicienne et épouse fidèle, la vie surgit de la mort.

L'âme des ressuscités effectue un voyage sur le Nil pour atteindre l'Abydos. Là, une stèle sera érigée près de « l'escalier du dieu », Osiris, de manière à partager la vie en éternité dont il est le régent.

Pendant le passage du bac, on discute et on se fait des amis. Des sourires, de la canne à sucre fraîche à déguster et voici un peu de joie de vivre au fil du Nil pendant que l'âne, courageux grison, supporte son lourd fardeau.

Non loin de Béni Hassan, des carriers chargent des blocs de calcaire blanc sur une felouque de transport. Les chèvres et les ânes laissent les hommes travailler et prennent quelque loisir. C'était ainsi qu'au temps des pharaons étaient organisés les transports de matériaux, bénéficiant d'une flottille considérable et de bateaux de charge spécialement conçus pour les poids les plus lourds.

« Souviens-toi du temps où se suivaient les jours heureux, recommande le sage, du temps où l'on voguait en paix sur le Nil, où les rives étaient vertes, où l'herbe grasse et les champs fertiles remplissaient de joie le cœur des hommes. »

Chaque être reconnu comme juste par le tribunal de l'autre monde devient un Osiris. Il triomphe de la mort et peut ainsi monter dans la barque du soleil qui parcourt à jamais les étendues du cosmos.

Les enchantements de Beni Hassan

Sur les routes de campagne, le long du Nil ou à l'intérieur des terres, le voyageur croise des paysans au travail, des laboureurs qui poussent l'araire tirée par des gamousses.

La gamousse, ce buffle si présent dans le paysage de l'Égypte moderne, est originaire de l'Inde et fut importé après la conquête arabe. Plus frugal que le bœuf, il l'a supplanté. Débonnaire et pacifique, il est un des éléments essentiels du patrimoine d'un paysan.

L'atmosphère de la Moyenne Égypte, avec ses grands sites d'Assiout, de Meir d'El Bercheh, d'Amarna et de Béni Hassan, est très particulière. Sur les bords du fleuve, toujours les mêmes villages ; d'une rive à l'autre circulent les mêmes bacs ; sur les sentiers cheminent les mêmes ânes, nobles et courageux, si lourdement chargés. Mais d'imperceptibles détails modifient les sensations du voyageur. Le Nil s'élargit. La végétation des berges semble devenir plus abondante.

Et voici que s'annonce le plus beau et le plus enchanteur des paysages de cette partie de notre trajet : Béni Hassan.

Pour aborder sur le site, le bateau doit cheminer entre des îles herbeuses où jouent des dizaines d'oiseaux. Il faut bien connaître les chemins et les courants, emprunter le chenal naturel qui mène à bon port. Qu'il est doux de se placer à l'avant de l'embarcation, confiant dans l'habileté du marin, et de goûter le vent qui fait se courber les roseaux et se rider l'eau du Nil.

Béni Hassan, ressuscitée par Champollion

Le paysage de Béni Hassan offre une idée assez juste du paradis que fut l'Égypte ancienne et de la splendeur de sa nature : terrains cultivés avec soin, nombreux arbres, rives verdoyantes, terrains de chasse et de pêche sur les îles au milieu du fleuve, villages prospères. Et surmontant ce domaine des vivants, la falaise où sont creusées les tombes, les demeures d'éternité des chefs de province qui continuent à veiller sur leurs domaines.

C'est à Jean-François Champollion que l'on doit la résurrection du site. Lorsque son bateau y accosta, il pensait demeurer fort peu de temps en cet endroit. « À l'aube du jour, écrit-il, quelques-uns de nos jeunes gens, étant allés en éclaireurs visiter les grottes voisines, me rapportèrent qu'il n'y avait absolument rien à faire, vu que toutes les peintures étaient à peu près effacées. Je montai néanmoins au lever du soleil visiter ces hypogées, et je fus agréablement surpris de trouver une étonnante série de peintures parfaitement visibles jusque dans leurs moindres détails, lorsqu'elles étaient mouillées avec une éponge, et qu'on avait enlevé la croûte de poussière fine qui les recouvrait. Dès ce moment, on se mit à l'ouvrage, et par la vertu de nos échelles et de l'admirable éponge, la plus belle conquête que l'industrie humaine ait pu faire, nous vîmes se dérouler à nos yeux la plus curieuse série de peintures qu'on puisse imaginer, toutes relatives à la vie civile, aux arts et aux métiers et, ce qui était neuf, à la caste militaire. »

Champollion découvrit avec émerveillement ces tombes précédées d'un portique taillé dans le roc. Non sans surprise, il vit aussi des colon-

Chemin de terre, le long du Nil, menant au site de Cheikh Said, où avaient été creusées dans la falaise, juste au bord du fleuve, des tombes de l'Ancien Empire.

Le Nil, en Moyenne Égypte, à la hauteur des sites de Bercheh, Meir ou Béni Hassan, accueille volontiers des îlots pourvus d'une abondante végétation. Ils sont encore remplis d'oiseaux. Dans l'Antiquité, ils servaient de territoires de chasse au bâton de jet.

nes cannelées, à la base arrondie, qu'il identifia comme le prototype du « vieux dorique grec ». Cela renforça sa certitude que l'Egypte était bien, dans tous les domaines, la grande mère de la civilisation.

Béni Hassan est le royaume du dessin. Quadrupèdes, oiseaux, poissons, paysages, scènes de lutte, défilés sont rendus par les maîtres égyptiens avec une finesse et une précision stupéfiantes. C'est le premier enchantement de ce site.

La mort est aujourd'hui devant moi...

Le second enchantement de Béni Hassan est une méditation naturelle et sereine devant la mort. Au bas de la falaise s'étend un cimetière musulman, formé de petites tombes individuelles, modestes monuments serrés les uns contre les autres, sans inscription. Chaque famille connaît l'emplacement exact de ses morts et vient

déposer sur la tombe, lors des fêtes, des branches de palmier.

Nulle désespérance, nul sentiment du néant ne hantent ces lieux. Un magnifique texte de l'ancienne Égypte, dialogue d'un homme avec son âme, évoque fort bien le climat apaisé de cette falaise de l'au-delà que le soleil ressuscite chaque jour. L'essentiel, pour un homme, est de pouvoir dialoguer avec son âme, d'entendre sa voix. La vie humaine est un cycle qui s'achève par le voyage vers l'Occident où le corps deviendra inerte et où l'âme prendra son envol.

Il faut accepter la réalité de ce passage d'un monde à l'autre, s'y préparer pour comparaître sans crainte devant le tribunal de l'autre monde. « La mort, déclare l'homme devenu serein, est aujourd'hui devant moi comme la guérison après une maladie, comme un parfum d'encens, comme le calme après une tempête, comme le retour chez soi après un long voyage,

Le site de Béni Hassan vu du Nil. Dans la falaise sont creusés les tombeaux des notables du Moyen Empire. Grâce à une « éponge miracle », Champollion parvint à faire revivre d'admirables reliefs qui nous livrent quantité de détails sur la vie quotidienne des anciens Égyptiens.

Le site de Béni Hassan vu des tombeaux du Moyen Empire, non loin du sommet de la falaise. Au premier plan, un vaste cimetière musulman jouxtant un village. Puis une bande verte, composée de cultures et de palmiers et le Nil qui se ramifie, embrassant plusieurs îles. Noblesse sereine et beauté impérissable sont les caractéristiques majeures de ce paysage hors du temps.

Le Nil à Taar el-Kebir. Le fleuve prend l'allure d'une mer que secouent parfois de forts courants et un vent violent. Ce spectacle grandiose réduit l'existence de l'homme à ce qu'elle est en réalité : un bref instant dans le courant du temps, mais un instant qui peut être habité par le divin.

comme l'abri d'une tente un jour d'orage. » Grâce à elle, l'homme connaît les secrets du ciel et découvre ce qu'il ignorait. La mort ressemble à cet instant délicieux où le voyageur monte dans une barque et s'assoit sous la voile, tandis que le vent souffle. La mort devient chemin souriant qui suit le cours du fleuve et permet d'aborder au rivage de l'ivresse, où les faiblesses humaines s'estompent devant la beauté de l'océan d'éternité.

A Béni Hassan, vie et mort se complètent, comme le désert et les terres cultivées. La vie jaillit des tombeaux où, à jamais, les hommes accomplissent des actes quotidiens, chasse, pêche, jeux, dans la plénitude de l'instant vécu.

L'âge classique

Béni Hassan, Meir, Bercheh... Ces sites grandioses, où subsistent de vastes nécropoles du Moyen Empire, appartiennent à « l'âge classique » de l'ancienne Égypte, l'époque des Sésostris et des Amenemhat. Autour de l'an 2000 avant J.-C., ces pharaons créèrent une civilisation harmonieuse dont les traces architecturales sont malheureusement très rares, leurs monuments ayant été réemployés par leurs successeurs.

C'est de cette époque que date le célèbre conte de Sinouhé, une surprenante histoire d'espionnage. Dans les tombeaux des sites de Moyenne Égypte furent découverts de nombreux sarcophages couverts de textes, formant un corpus religieux d'une importance capitale. Faisant suite aux « textes des pyramides » et les développant, ils offrent une véritable cartographie de l'âme et enseignent les formules nécessaires à connaître pour obtenir l'immortalité.

En ces régions, le Nil est d'une grande beauté, presque farouche. Il s'élargit, se gonfle, se laisse agiter par des courants qui se veulent parfois impérieux. Il a la noblesse de cet âge classique où les scribes étaient des écrivains de génie.

Un paysan contestataire

Beni Souef, chef lieu de province à cent vingt kilomètres du Caire, est une petite ville sans originalité marquante. Elle est cependant une étape importante de notre voyage, symbolisant la frontière entre les sites de Moyenne Égypte et l'annonce de la région memphite et du Fayoum qui ne sont plus très éloignés.

Non loin de là, sur le site d'Hérakléopolis, se produisit, voici environ quatre mille ans, une étrange affaire qui prit une telle importance aux yeux de Pharaon qu'il la fit mettre par écrit.

Un paysan était venu de l'oasis du Ouadi Natroun, à l'ouest du Delta, pour vendre de l'orge et rapporter de la nourriture à ses enfants. Il chargea ses ânes de divers autres produits, roseaux, sel, bois, pierres, pigeons et descendit le fleuve vers Hérakléopolis.

Le voyage, malheureusement pour lui, tourna très mal. Un homme malhonnête le

L'un des derniers grands pigeonniers d'Égypte, à Sidfâ. Ces grandes tours de terre peintes en blanc abritaient un nombre considérable de volatiles dont les déjections, autrefois utilisées dans les cultures, sont aujourd'hui remplacées par des engrais.

Un homme et ses deux enfants, juchés sur un âne, traversent leur champ pour regagner le village. Au loin, derrière un rideau d'arbres clairsemés, la puissante silhouette de la pyramide de Meidoum.

dépouilla de tous ses biens sous prétexte que les ânes étaient passés sur un chemin qui lui appartenait et qu'ils avaient mangé de l'orge dans son champ. Volé, battu, le paysan ne s'avoua pas vaincu.

Il commence par s'adresser au grand intendant de la province qu'il rencontre au moment où il sort de sa belle demeure pour descendre dans son bateau de fonction. Il lui raconte son histoire. Le grand personnage l'écoute avec intérêt et s'aperçoit que le paysan est un remarquable orateur. Avant de juger, il fait mener une enquête qui confirme la version des faits donnée par le plaignant.

Mais ce paysan est véritablement trop beau parleur... Le grand intendant prend plaisir à écouter ses suppliques. A neuf reprises, le paysan défend sa cause avec ardeur et talent. Après avoir mis en avant le sens de la justice de son puissant interlocuteur, il finit par se fâcher. La balance de l'homme, déclare-t-il, c'est sa langue. Il ne doit pas pratiquer le mensonge. Dépouiller un pauvre de ses biens est un acte vil, indigne d'un noble. Un grand intendant a été nommé pour protéger les pauvres et les faibles. Comment pourrait-il venir en aide à un voleur ? Pourquoi tarde-t-il tant à donner une juste sentence ?

Complètement dépité par le silence de son interlocuteur, le paysan décide de quitter sa cour et d'aller s'adresser directement au dieu Anubis. Le grand intendant envoie deux hommes le chercher. Il craint d'être arrêté.

Le grand intendant lui révèle alors la vérité. Il a jugé l'éloquence du paysan si parfaite qu'il a fait enregistrer ses neuf suppliques sur un rouleau de papyrus neuf. Plus encore : le texte a été transmis à Pharaon : « Et cela fut agréable au cœur de Sa Majesté plus que tout. »

Le paysan fut comblé de cadeaux. Celui qui croyait avoir tout perdu devint riche et considéré. Ainsi constata-t-il que la justice existait bien en Égypte.

Les derniers pigeonniers

Naguère les pigeonniers étaient un des éléments caractéristiques du paysage égyptien. La plupart sont aujourd'hui en ruine et, dans quelques années, ils auront presque tous disparu. C'est l'utilisation des engrais qui les condamne, remplaçant les déjections des pigeons autrefois recueillies pour servir de fumier. Revers de la médaille : les trop nombreux pigeons causaient des dégâts aux récoltes.

Il ne subsiste que quelques-unes de ces tours de terre, peintes en blanc. Plusieurs couches de poteries placées côte à côte sont disposées en étage ; chaque cruche est percée d'un trou à sa base pour offrir un accès au pigeon qui y élit domicile.

A Baliana et à Sidfâ, on peut encore entendre de grands bruissements d'ailes. Les pigeons vont et viennent, occupant leur château de terre et de poterie, fragile édifice d'une époque révolue.

Meidoum, demeure du créateur

Nous voici parvenus à un point crucial du voyage. A quatre-vingt-dix kilomètres au sud du Caire, nous approchons du royaume des pyramides. S'annonce le Fayoum, oasis de verdure ; se profile l'immense nécropole memphite où les pharaons de l'Ancien Empire chantèrent dans des pierres sublimes leur connaissance de l'immortalité.

La pyramide de Meidoum est pour moi l'un des monuments les plus essentiels d'Égypte. En tant que « maison d'Atoum »,

Érigée dans un site désertique, la pyramide de Meidoum, en dépit de son état dégradé, est un des plus prodigieux chefs-d'œuvre de l'Ancien Empire. Construite selon le principe d'étages superposés, elle émerge d'une butte que l'on suppose constituée de ses propres matériaux effondrés. Elle évoque la colline primordiale surgie de l'invisible lors de la création de la terre.

La vallée du Nil vue de la pyramide de Meidoum. L'homme de connaissance, est-il écrit, nourrit son âme de ces visions qui la rendent durable. Ainsi connaît-il le bonheur sur cette terre.

elle s'affirme comme la demeure du créateur qui déclencha la première étincelle de vie dans l'océan d'énergie primordiale.

La pyramide se dresse au cœur d'une zone désertique aujourd'hui facile d'accès. A l'origine, elle atteignait environ soixante-dix mètres de hauteur. Construite en degrés recouverts d'un revêtement, la pyramide avait une pente de 51° 50' environ, autrement dit celle de la grande pyramide de Kheops à Guizeh. Le revêtement a disparu ; des décombres se sont accumulés au pied de l'édifice qui semble ainsi émerger d'un monticule, évoquant la butte primordiale sur laquelle jaillit le premier soleil, à l'aube du monde.

Décapitée, dégradée, dénudée, la pyramide construite par le roi Houni, dont nous ne savons rien, et terminée par le « parfait pharaon » Snefrou, le plus grand bâtisseur de l'Égypte ancienne, conserve pourtant toute sa puissance.

On accède par un escalier à l'entrée de sa descenderie, située sur sa face nord, à une vingtaine de mètres au-dessus du sol. Là commence un fabuleux voyage à l'intérieur d'un monde de pierres vivantes.

Le couloir descendant conduit au centre de la terre. Puis un parcours horizontal, mais en chicane, mène à un mur vertical qui semble marquer le terme du chemin. Mais l'ascension est possible. Elle aboutit à une chambre splendide, à la voûte en encorbellement. Le souffle coupé, on se sent au cœur d'un athanor alchimique, d'une véritable « centrale » de transmutation où l'âme est absorbée par la divinité.

Le dispositif intérieur de la pyramide de Meidoum est un chemin initiatique d'une parfaite limpidité. A l'intérieur de cette pierre géante, nous sommes conduits du plus profond au plus céleste.

Le tombeau du sage inconnu

Non loin de la pyramide, une masse rectangulaire attire l'attention. Il s'agit d'un gigantesque tombeau de l'Ancien Empire, un mastaba dans lequel on ne peut pénétrer que par un trou que creusèrent des voleurs. La descente exige quelques efforts physiques : il faut se courber, ramper, emprunter une échelle branlante.

Au terme de ce parcours, une fabuleuse vision : une chambre funéraire, dépourvue de toute inscription, qui ne comportait aucune ouverture. Elle était un temple de l'esprit dans son aspect le plus pur. C'était un corps de lumière qui reposait là.

Voici venu l'instant d'adorer Rê dans l'occident, de prier les habitants de l'au-delà, de parcourir les chemins des bienheureux, de « donner du chemin à ses pieds » sur les chemins de l'éternité et de connaître les secrets des transformations de l'âme vivante.

Seul l'homme « étroit de cœur » n'aura pas de tombeau. L'être de vérité rassemble son cœur et apprend le silence. Celui-là est en capacité de se mouvoir librement en ce monde et dans l'autre.

Et le Nil, d'or et d'argent, de feu et d'eau, conduit le pèlerin vers le nord, vers le royaume de l'abeille.

LA RÉGION DE MEMPHIS

En remontant vers le sud, nous pénétrons dans l'immense nécropole de Memphis, « la balance des Deux Terres », la grande capitale créée par le premier des pharaons ayant réuni le nord et le sud, Ménès. « Nécropole » est un mot tout à fait inadapté. Ce n'est pas une zone mortuaire que nous allons rencontrer, mais une terre de lumière et d'éternité peuplée de pyramides qui sont autant de bornes du sacré et de liens entre le ciel et la terre.

De la belle cité de Memphis elle-même, il ne subsiste que quelques vestiges, dans une palmeraie à une trentaine de kilomètres au sud du Caire. Là se trouve un colosse couché de Ramsès II. Mais le domaine des êtres de lumière et de leurs demeures de résurrection, les pyramides, est demeuré vivant, sur la rive occidentale du Nil.

Dahchour, Saqqara, Abousir, Guizeh... Autant d'étapes majeures de cette région du monde essentielle pour la connaissance de l'âme et de sa survie. Ici, les pharaons de l'Ancien Empire, âge d'or de la civilisation égyptienne, surent incarner dans la pierre leur vision spirituelle. Ces rois dieux, pour lesquels la valeur première était la transmission du sacré sous toutes ses formes et la construction de l'être à l'image du temple de l'univers, avaient la certitude que seule l'union de l'esprit et de la main pouvait créer une civilisation. C'est pourquoi ils furent des Maîtres d'Œuvre et des bâtisseurs, des organisateurs de vastes chantiers où les hommes surent apprivoiser la matière.

A Saqqara sud, cet étrange tombeau qui reçut le nom de « Mastaba Faraoun » est la demeure d'éternité du pharaon Chepsefkaf, le dernier monarque de la Quatrième dynastie qui vit s'édifier les grandes pyramides du plateau de Guizeh.

La pyramide « rouge » de Dahchour a été érigée par « le pharaon parfait », Snefrou, le plus grand bâtisseur de l'Ancien Empire. La célébrité des pyramides du plateau de Guizeh a trop laissé dans l'ombre les chefs-d'œuvre de Dahchour, site hélas enclavé dans une zone militaire interdite au public.

Le Nil joua un rôle décisif dans cet immense programme de construction. Il fut la grande voie de circulation sur laquelle se déplaçaient les bateaux chargés de blocs, abordant aux débarcadères près desquels étaient construits des temples d'accueil, d'où partaient des chaussées couvertes menant vers des temples hauts, érigés devant la pyramide, saint des saints de cet ensemble.

Le mot égyptien pour « pyramide », *mer*, est synonyme de « canal » où coule l'eau de vie et d'« amour », force vitale qui permet aux éléments de l'univers d'être unis entre eux pour perpétuer la création.

Les sages expliquent que les juges divins considèrent le temps de vie d'un homme comme une heure. Mais l'homme peut vivre après la mort. Ses actes se trouvent à côté de lui, en un tas. Et ce dernier sera pesé sur la balance de l'autre monde.

Les mystères de Dahchour

Le site de Dahchour comporte plusieurs pyramides. Deux d'entre elles, d'une taille comparable à la pyramide de Khephren, sur

A Saqqara sud, au cœur d'une palmeraie où les villageois vivent dans l'intimité des pyramides de l'Ancien Empire, le puits creusé dans le désert fournit de l'eau potable. Lorsque le soleil décline, les vieux s'assoient sur la margelle pour y égrener leurs souvenirs en goûtant le vent du soir.

le plateau de Guizeh, sont d'extraordinaires chefs-d'œuvre. Malheureusement, Dahchour a été enclavé dans une zone militaire interdite au public. Souhaitons que le Service des Antiquités Égyptiennes puisse obtenir le plus vite possible que des visites soient à nouveau possibles car les deux pyramides construites par le « pharaon parfait », Snefrou, sont dans un remarquable état de conservation.

La silhouette des deux édifices est fort différente. La plus au sud est unique en son genre, comportant une double pente, une double entrée et des appartements funéraires d'une stupéfiante beauté. La plus au nord, d'une hauteur de cent mètres environ, est dite « pyramide rouge » à cause de la couleur que prennent ses pierres au couchant. Ses lignes sont d'une extraordinaire pureté.

Snefrou, fondateur de la IVe dynastie, régna au milieu du troisième millénaire avant J.-C. Son époque fut des plus heureuses et des plus prospères. Construire deux édifices de cette taille implique une extraordinaire organisation du travail et suppose l'existence de communautés de bâtisseurs d'un génie hors du commun.

Pourquoi deux pyramides pour un seul pharaon ? Pourquoi l'une d'elles est-elle double ? Dahchour demeure mystérieuse. Encore faudra-t-il qu'elle soit rendue au

Qui saura chanter la douceur de l'existence à l'ombre des palmiers ? Les ardeurs du soleil y deviennent caresses, les jardins s'y font verdoyants, les chemins de terre y offrent de paisibles promenades.

patrimoine culturel de l'humanité pour que nous puissions lui poser les bonnes questions.

Des palmeraies à l'ombre des pyramides

Dans certains villages en bordure du désert, les habitants ont renforcé les murs de leurs demeures avec des pierres ramassées sur les sites anciens et provenant souvent des temples des pyramides ou du revêtement de ces dernières.

C'est notamment le cas à Saqqara sud que l'on peut découvrir en cheminant dans une magnifique palmeraie en bordure du désert. Le soleil s'y fait tendre. Les paysans y entretiennent de nombreux petits jardins irrigués avec l'eau d'un canal.

Brusquement, c'est le désert. Aucune transition entre verdure et sable. En sortant de l'ombre des palmiers, on traverse un cimetière musulman et l'on repère les traces d'une chaussée menant à une pyramide.

A l'entrée de cette partie sud de la nécropole subsiste un grand puits. Sans doute a-t-il été l'œuvre d'un pharaon de l'Ancien Empire qui, tel un radiesthésiste, avait la faculté de trouver les sources d'eau fraîche cachées au cœur de la terre.

J'ai vécu là de merveilleux moments, assis sur la margelle, à contempler les

La pyramide à degrés de Saqqara est due au génie du pharaon Djeser et de son maître d'œuvre Imhotep. Escalier vers le ciel, elle permettait à l'âme du roi d'unir le visible à l'invisible. Au premier plan, la colonnade d'accès à la grande cour où se célébraient des rites de régénération magique du roi.

Le site de Saqqara, vu du sud. Le désert est peuplé de pyramides qui sont autant de rayons de lumière transformant une terre d'apparence stérile en centre spirituel. La traverse une surprenante bande verte, une palmeraie où vivent des hommes qui s'aventurent ainsi au cœur du pays rouge.

dunes au sommet desquelles demeurent des vestiges de temples, à discerner les pyramides dans le lointain, à suivre les jeux de la lumière. Le bout du monde, certes, mais d'un monde sacralisé où l'inutile et l'apparent sont balayés par le vent du désert, où l'impureté est brûlée par le soleil.

La régénération magique de Saqqara

Djeser monte sur le trône vers 2624 avant J.-C. Il prend à ses côtés l'un des plus grands génies de l'histoire égyptienne, Imhotep, sculpteur et fabricant de vases. Il devint Premier ministre du royaume et maître d'œuvre de tous les chantiers de Pharaon. On a dit de lui qu'il avait inventé l'architecture en pierre en parvenant à ériger la mère-pyramide, ce sublime monument à degrés qui symbolise l'escalier permettant à l'âme de Pharaon d'aller de la terre au ciel et d'unir le visible à l'invisible.

La pyramide à degrés est le point culminant d'un vaste ensemble qui était entouré d'une enceinte où n'existe qu'une seule porte, éternellement ouverte, dont les battants et les gonds sont pourtant figurés dans la pierre. Il est vrai que cet accès n'est pas destiné aux humains, mais à l'aspect spirituel de l'être du roi, venu en ces lieux vivre une régénération magique pour des millions et des millions d'années.

Cette porte franchie, l'être de lumière emprunte un sentier étroit entre des colonnes et débouche sur une immense cour où Pharaon devait accomplir une course rituelle entre des bornes évoquant les extrémités de l'univers sur lesquelles son esprit était appelé à régner.

L'accès aux appartements souterrains de la pyramide à degrés, formés de nombreuses galeries où furent découverts des milliers de pièces de vaisselle destinées au banquet éternel, est malheureusement

interdit. Mais Djeser nous attend, assis dans une petite chapelle d'où il continue à contempler son domaine de ses yeux à jamais ouverts.

Saqqara est la matrice de la civilisation égyptienne. C'est ici que l'épopée des plus grands bâtisseurs de l'histoire a commencé. Soyons bien conscients que ce temple, avec ses chapelles où dieux et déesses venaient de leurs provinces du ciel et de la terre pour fêter la naissance d'un pharaon régénéré, n'était pas destiné aux humains et ne s'inscrivait pas dans le temps.

Autrement dit, le temple visible naît de l'espace invisible où règne Maât, la Règle éternelle de l'univers dont le monde des hommes n'est qu'un aspect passager. En entrant dans Saqqara, nous passons, de notre vivant, de l'autre côté du miroir. Ce site ne s'adresse pas à nos yeux de chair, mais à notre intuition des causes.

C'est à Saqqara que l'on perçoit la véritable grandeur de l'Égypte. Sa civilisation a commencé par le haut, par l'essentiel, par le plus sublime. Et tous les autres temples sont des fils de Saqqara, demeurant fidèles à l'impulsion de l'origine.

Comment ne pas être saisi d'admiration et de respect pour Imhotep, cet homme de connaissance dont les Égyptiens célébrèrent la mémoire des millénaires durant ? L'esprit d'Imhotep est présent en de nombreux endroits d'Égypte, notamment à Philae. Son nom est mentionné sur un bas-relief inachevé, sans doute le dernier jamais gravé par le ciseau d'un sculpteur initié aux mystères de la Maison de Vie. Ainsi Imhotep est-il présent à l'origine et à la fin, à Saqqara et à Philae, aussi nous indique-t-il que l'œuvre n'est jamais achevée et doit être poursuivie.

Le Soleil d'Abousir

Tout près du Caire, Abousir est l'un de ces sites grandioses ignorés des touristes où subsistent pourtant des merveilles, en l'occurence un ensemble de temples hauts et de trois pyramides de souverains de la

Les pyramides de trois pharaons de la Cinquième dynastie à Abousir, vues depuis les ruines d'un temple solaire. Ces monarques, qui prirent le nom de « fils de Rê », vouèrent un culte particulier au dieu de la lumière. L'usure du temps et la dégradation des monuments n'ont rien ôté à la paix profonde de ces lieux où pyramides et désert composent un hymne radieux au sacré.

Au premier plan, la pyramide de Mykerinos dont on discerne les assises formés de blocs parfaitement appareillés ; derrière elle, la pyramide de Khephren qui conserve, près de son sommet, une partie de son revêtement en calcaire ; au fond, la plus grande de toutes les pyramides, celle de Kheops.

Cinquième dynastie qui vouèrent un culte particulier au soleil et ajoutèrent à la titulature sacrée le qualificatif de « fils de Rê ». Un conte a conservé le récit de la naissance miraculeuse de ces trois enfants de la lumière, décidés à rester côte à côte dans l'éternité, sous la forme de leurs pyramides.

C'est sans doute pourquoi le soleil d'Abousir possède une qualité à nulle autre pareille ; il donne un sentiment d'intimité avec des pyramides qui ne jouent ni sur la puissance ni sur le colossal, mais sur la cohérence de leur message. Elles sont trois aspects de Rê, la lumière divine, trois formulations du rayonnement de la création.

Le spectacle immobile de pierres éparses, rouges, noires et blanches, qui laissent lire le plan des temples hauts où s'accomplissent les rites d'offrandes, est l'un des attraits majeurs d'Abousir. Il faut suivre leurs allées conduisant aux pyramides des rois soleils qui, dans le silence du désert, nous associent à leur sagesse.

La toute-puissance de Guizeh

Les trois grandes pyramides du plateau de Guizeh, dues aux pharaons de la Quatrième Dynastie Kheops, Khephren et Mykerinos (selon leurs appellations grecques passées dans l'usage), sont la plus fabuleuse incarnation dans la pierre de la toute-puissance de l'Esprit.

« Ce n'est point par le sentiment de son néant que l'homme a élevé un tel sépulcre, écrit Chateaubriand avec justesse, c'est par l'instinct de son immortalité : ce sépulcre n'est point la borne qui annonce la fin d'une carrière d'un jour, c'est la borne qui marque l'entrée d'une vie sans terme ; c'est une espèce de porte éternelle, bâtie sur les confins de l'éternité. »

Les pyramides ne sont pas des tombeaux, au sens où nous entendons ce terme aujourd'hui. Elles sont de formidables transformateurs d'énergie qui séparent le mortel de l'immortel et font de la personne du Pharaon un être de lumière apte à vivre

Le sphinx, qui symbolise le dieu de la lumière du matin, est un lion géant à tête humaine, pourvu d'une coiffe royale. Il est le gardien vigilant du plateau des pyramides.

Blocs gigantesques des temples hauts, perfection des pyramides : le plateau de Guizeh, que les Égyptiens nommaient « le haut », est le lieu de la Puissance. L'esprit s'y est incarné à jamais dans des pierres vivantes.

parmi les divinités. Et, à travers Lui, c'est l'Égypte entière qui monte au ciel et connaît la vie paradisiaque.

Ce qui nous manque, aujourd'hui, pour percevoir la signification des pyramides, c'est le Nil. Quand la crue se produisait, le plateau de Guizeh, que les anciens nommaient « le haut », trônait au-dessus d'une masse liquide, telle la butte originelle hors du Noun, l'océan d'énergie primordiale. Le divin apparaissait aux hommes sous la forme de la pyramide, rayon de lumière pétrifiée et forme géométrique parfaite. Les maîtres d'œuvre de Pharaon avaient ainsi conçu un paysage théologique sur une échelle gigantesque, de manière à ce que le mythe de création devienne visible pour tous.

Le Fayoum est une dépression profonde semblable aux oasis de l'Ouest mais reliée à la vallée par un étroit couloir qu'emprunte un important canal d'irrigation, le Bahr Youssef. Cette région recueille une partie des hautes eaux du Nil qui forment le lac Birket Qaroun, autrefois lac Moeris. Les eaux du Birket Qaroun permettent le drainage des 12 000 hectares cultivés grâce aux canaux en éventail dérivés du Bahr Youssef.

Guizeh mérite mille et une visites. Qu'il s'agisse du dispositif intérieur des trois pyramides, des vestiges des temples, des nombreux mastabas, Guizeh est un monde sacré d'une exceptionnelle intensité. Les grands dignitaires sont regroupés pour l'éternité autour de leurs rois, reconstituant, sur terre, une cour de l'autre monde.

Le sphinx faiseur de rois

Le sphinx, lion à tête humaine, est le gardien vigilant du plateau des pyramides. Il fut aussi un faiseur de roi. Le futur Thoutmosis IV, qui devait être l'un des plus brillants pharaons d'une époque heureuse, au Nouvel Empire, allait volontiers se distraire, lorsqu'il était jeune homme, sur le plateau des pyramides. Il se promenait sur son char que tiraient des chevaux plus rapides que le vent. Un jour, à l'heure de midi, fatigué, il se reposa à l'ombre du sphinx et s'endormit.

Le sphinx lui apparut en songe et lui parla. Il lui promit qu'il lui donnerait la royauté sur terre, à la tête des vivants et qu'il aurait une longue vie s'il le délivrait des sables qui le tourmentaient.

Thoutmosis écouta le maître de pierre. Il le fit désensabler, lui redonna toute sa majesté et devint effectivement le monarque d'une Égypte puissante. N'est-ce point le suprême présent que le sphinx puisse offrir à qui écoute sa voix, la découverte d'une royauté en esprit ?

Les jardins du Fayoum

Si le voyage sur le Nil s'arrête aujourd'hui au Caire, si les sites du Delta, à l'exception de Tanis, sont hélas trop ruinés pour mériter une visite, il ne fallait pas oublier un autre don du Nil, par bras interposé, la région du Fayoum, au sud-ouest du Caire.

On l'atteint aisément par une route qui traverse le désert et débouche soudain sur un pays vert et riant. Autre surprise de taille : un grand lac aux eaux bleues, le Birket Qaroun. Nous voilà plongés dans

Champ de soucis dans une palmeraie du Fayoum. Nombre de voyageurs ont vanté la gentillesse et l'accueil des habitants de cette région prospère et heureuse où il fait bon vivre.

« Quelle beauté ! s'exclame un hymne à Hathor. La déesse de l'or s'est manifesté, elle a brillé. Ciel et divinité jouent de la musique pour toi, soleil et lune te vénèrent, les dieux t'adorent, les déesses chantent »... Et les couleurs de la nature t'enchantent.

une sorte d'oasis au cœur des sables, peuplée de palmiers, de champs de fleurs, de jardins et de vergers.

Ce paradis, qui permet de mieux percevoir la beauté de cette civilisation heureuse que fut l'Égypte ancienne, est le fruit d'immenses travaux et d'une mise en valeur soigneusement calculée par les pharaons du Moyen Empire qui avaient établi leur capitale à Licht, à l'entrée du Fayoum.

Grâce à la construction de digues, ils asséchèrent des zones marécageuses pour en faire des cultures, aménagèrent des bassins de plaisance et préservèrent des terrains de chasse où abondaient les oiseaux. Les nobles et leurs épouses aimaient se promener en barque dans les marais giboyeux où les plus habiles maniaient le bâton de jet.

L'eau était amenée à cette région par un bras du Nil, le Bahr Yousouf, dont l'exploitation judicieuse fit du Fayoum une province d'une richesse légendaire.

Elle exigeait, bien entendu, des soins attentifs et un entretien constant. L'administration pharaonique se montrait particulièrement vigilante ; par la suite, la situation se dégrada de manière notable. Les Ptolémées sauvèrent l'essentiel mais les zones cultivées et irriguées se rétrécirent de manière considérable. Le temple de Kasr el-Saga, qui avait été construit pendant l'Ancien Empire, se trouvait alors au bord de l'eau. De nos jours, il est isolé dans le désert, à plusieurs kilomètres du lac.

Blé, millet, orge, oignons, fèves, petits pois, ail, dattes comptaient au nombre des productions anciennes du Fayoum ; s'y ajoutèrent les tomates, les pastèques, la pomme de terre, le maïs, la canne à sucre depuis le Moyen Age. Parmi les oiseaux, celui que l'on remarque le plus souvent est le héron gardebœuf, à la robe blanche. Il est aimé des paysans car, une fois posé sur le dos des buffles, il les débarrasse de la vermine. Ces hérons s'envolent en groupes majestueux lorsqu'ils sont dérangés. Ils nous rappellent que le dieu Thot, maître de la langue sacrée, s'incarnait dans un ibis passant dans la lumière du couchant.

Il ne faut pas être pressé pour parcourir le Fayoum. Il y a quelques portions de routes goudronnées, certes, mais elles sont étroites et souvent encombrées de troupeaux. La plupart des voies de circulation sont des pistes ou des sentiers qui ne permettent pas la vitesse. Ici, le rythme lent de la campagne demeure la loi quotidienne. Une loi qui s'anime avec le sourire d'un enfant, la bonne humeur d'un paysan conduisant son âne, les éclats de rire de jeunes filles courant dans les champs.

Le royaume du crocodile primordial

Le Fayoum était considéré comme la place d'origine de tous les êtres. Image terrestre de l'océan céleste, il était le lieu où Osiris, roi de la terre du lac, vivait sa résurrection. Ses membres étaient réunis, de même que les quarante-deux provinces d'Égypte s'unissaient sous le règne de Pharaon.

Le temple de Medinet Maâdi, aujourd'hui en plein désert, était dans l'Antiquité le sanctuaire d'une ville prospère et verdoyante. Année après année, le sable recouvre davantage ces lieux de clarté et de silence où règnent les dieux de la fécondité.

Dans le lac du Fayoum, Rê livrait un combat victorieux contre les ténèbres. Ce triomphe, il le devait à la puissance du dieu crocodile, Sobek, qui montait du fond des eaux pour porter le soleil sur son dos.

Le crocodile primordial est le seigneur des terres fécondables, le dieu se glissant dans le courant avec perfection. Maître des aliments, étoile au milieu des champs, il inspire une crainte immense. Maître de l'encens utilisé lors des rites, taureau des taureaux, le plus vigoureux des mâles, il met en fête les Deux Terres et se repose dans le champ des offrandes. Les femelles bondissent vers lui, il se transforme en faucon à la vaste poitrine. Son œil droit brille pendant le jour, son œil gauche pendant la nuit. Le vent sort de sa bouche. Il féconde les champs de la semence de son phallus. C'est ainsi que les anciens textes décrivent Sobek, le crocodile « au beau visage », celui sans lequel l'eau ne serait pas porteuse de vie.

Que ce jardin soit doux à ton cœur

Ciel et terre sont en joie. Ceux qui avaient faim ont reçu de la nourriture. Ceux qui étaient nus sont revêtus de fines étoffes de lin blanc. Ceux qui étaient malheureux ont découvert le bonheur. Les agressifs ont découvert la paix. Le Nil féconde la terre d'Égypte !

Il faut apprendre à manœuvrer le gouvernail en harmonie avec le vent qui souffle dans la voile, vivre avec le courant qui mène à l'accomplissement de ce qui est juste. C'est de cela que dépend l'équilibre du pays.

Un roi juste est un canal qui irrigue les terres, une salle fraîche où l'homme trouve le repos, un refuge qui protège le faible, un abri au moment de l'inondation, de l'eau fraîche pendant les journées chaudes, une montagne qui protège des vents lorsque l'orage éclate.

Bien pourvus sont les hommes qui constituent le troupeau de Dieu. Il a créé le ciel et la terre, le souffle de vie pour leurs narines. Il brille dans le ciel, fait naître pour eux plantes, bétail, volailles, poissons. Il navigue dans le ciel en les contemplant.

Qu'il est bon de voguer sur le Nil et de marcher librement sur les chemins sans qu'il y ait la moindre crainte dans les cœurs. Qu'il est agréable de s'asseoir et de méditer, tandis que le laboureur travaille dans le champ et que la moisson pousse.

Puisque les temples ont été érigés, toutes espèces de belles fleurs pourront être cultivées. Le vin, plus abondant que l'eau, coule comme le Nil lors des fêtes, le Nil qui a fait naître le seigneur de l'éternité, le Nil aux bras poissonneux, aux rives peuplées d'oiseaux.

« Je viens aujourd'hui de ma ville, dit le sage, je suis descendu de ma province, j'ai construit une demeure, creusé un lac, planté des sycomores, j'ai offert mon bateau à celui qui désirait voyager. Que les divinités daignent m'accorder une offrande, qu'ils me transforment en être de lumière. »

« Prépare-toi un jardin, lui répondent-elles, veille sur les arbres qui te ménageront une retraite agréable, à l'abri des regards. Emplis tes yeux de la vision des fleurs : c'est le bonheur de ne pas en être privé. »

Ainsi chantent les anciens textes. « Orne ta poitrine de fleurs de lotus, recommandent-ils encore, tandis que ta Sœur, ta bien-aimée si douce à ton cœur, est assise à tes côtés. Que les danses soient devant toi et les soucis derrière toi. Ne garde en mémoire que les instants de joie. »

Jardin de pierre au cœur d'un désert qui fut autrefois champs verts et fertiles, le temple de Medinet Maâdi conserve le souvenir d'un dieu crocodile et d'une déesse serpent qui, au-delà de l'apparence, demeurent les garants d'une prospérité invisible, dans le silence de ce sanctuaire du Fayoum.

Memphis l'Égyptienne a disparu. Le Caire l'Arabe lui a succédé.

EN GUISE DE CONCLUSION

Le Nil est demeuré. Emprisonné entre des rives encombrées de buildings, il reste l'artère vitale de la mégapole du Moyen-Orient, l'un des pôles d'équilibre dont dépend aujourd'hui la paix mondiale.

Fête de printemps sur le Nil

Trop de paysans quittent leur terre pour venir chercher dans la capitale surpeuplée un hypothétique mieux-être. Les tombes des cimetières servent de logement. Les voitures ont envahi les rues de plus en plus embouteillées. Un urbanisme anarchique se développe en tous sens, des chantiers inachevés hantent des terrains vagues.

Mais la vie continue, sous le soleil et malgré de lourds nuages de plus en plus fréquents, à cause du lac Nasser. Le Caire est toujours cette ville impossible, mais fascinante, qu'a chantée Champollion. On peut lui adresser tous les reproches, l'accabler de toutes les critiques. Elle répond par un envoûtement qui ne laisse aucune place à la logique.

Entre Boulaq et Guezireh, des felouques aux voiles blanches continuent à jouer dans le vent tandis que des oiseaux se posent à la cime de leurs mâts. Lors de la fête de la brise de printemps, Chamm en-Nessim, les Égyptiens célèbrent le renouveau de la terre, l'éclosion des puissances vitales, à la période où l'agneau naît et où le blé grandit. On s'offre des sucreries, des œufs colorés, des oignons frais et du fessikh, un poisson qui rappelle celui qui était rituellement présenté comme offrande pour rappeler les mystères de la mort et de la résurrection d'Osiris. Les citadins pique-niquent dans les parcs, jouent au ballon, marchent pieds nus sur les pelouses. Le Nil accueille une multitude d'embarcations qui le sillonnent en tous sens, ivres d'une liberté reconquise.

La joie du printemps éclate, telle une fleur de lotus épanouie. Dans ce parfum de fleur subsiste quelque souvenir obsédant de l'ancienne Égypte. Marcher dans les rues, à ce moment de l'année, est l'un de ces plaisirs sans âge que sait offrir cette terre, si peu avare de ses bienfaits.

Le Nil est une parole de vie. Il est enseignement et mystère, mémoire et avenir. Il a vu les dynasties se succéder, les pouvoirs se combattre, les soleils se lever et disparaître dans l'occident. Lui, dont la source est au-delà du temps, a connu tous les temps.

Le fleuve divin est fête perpétuelle, puisqu'il transmet la vie, lui ce jeune homme à jamais bouillonnant de sève, prêt à séduire et à féconder, dispensateur d'un amour sans limites qui s'offre aux hommes sans rien attendre en retour.

Lors de la grande fête de printemps, de nombreuses embarcations sillonnent le Nil en tous sens. Le Caire, devenue une mégapole, respecte cet ancien rite qui fait ressentir la présence amicale du fleuve divin, source de toute joie.

Avec le printemps, c'est la promesse d'une vie nouvelle qui s'affirme. Les habitants du Caire envahissent les jardins publics et les espaces verts. Ils piquent-niquent, jouent au ballon, se racontent des histoires de famille.

Existe-t-il une Égypte « moderne » ? Oui, sans doute, puisque les avions relient la terre des pharaons au monde entier. Mais l'aéroport international n'échappe pas à la magie des pharaons. Des bâtiments modernes émerge un obélisque venu de Tanis, dans le Delta, un site impressionnant peuplé de chefs-d'œuvre de l'époque ramesside.

Si l'appel du voyage demeure si intense, si l'Égypte rayonne d'une lumière si chaude, c'est que les temples sont demeurés vivants. Un simple regard sur les hiéroglyphes les fait renaître, les rend intelligibles. Les rituels s'accomplissent dans le silence, sans rien perdre de leur puissance.

Et le Soleil se leva

« Pendant sa vie, semblable au Soleil dans sa course de l'orient à l'occident, le roi devait être le vivificateur, l'illuminateur de l'Égypte et la source de tous les biens physiques et moraux nécessaires à ses habitants, écrit Champollion. Le pharaon mort fut donc naturellement encore comparé au Soleil se couchant et descendant vers le ténébreux hémisphère inférieur, qu'il doit parcourir pour renaître à nouveau à l'orient et rendre la lumière et la vie au monde supérieur (celui que nous habitons), de la même manière que le roi défunt devait renaître aussi, soit pour continuer ses transmigrations, soit pour habiter le monde céleste et être absorbé dans le sein d'Amon, le Père universel. »

Ainsi en est-il du voyageur sur le Nil qui ne peut effacer de sa mémoire la naissance du Soleil d'Égypte et qui entend, au-delà des siècles, résonner les paroles du sage : « Souviens-toi des bœufs gras, des volailles innombrables, des banquets de fêtes, souviens-toi des riches offrandes offertes aux dieux, des autels parfaits que l'on taillait, des prêtres purs, des temples brillant comme la lumière, souviens-toi de la douceur et du parfum de l'existence, du respect de la Règle éternelle et du bonheur des jours. »

Rien ne s'accomplit en Égypte sans la présence de la magie des pharaons. Le nouvel aéroport international du Caire n'échappe pas à la règle. Semblant émerger de la route, un obélisque venu de Tanis, la grande cité sacrée du Delta, domine les bâtiments modernes.

La terre d'Égypte est l'appel du désert, vers cet horizon de lumière où convergent tous les chemins de la terre.
Il y aura toujours un grison
pour marcher d'un pas sûr dans le sable
et un guide bienveillant pour « donner du chemin à nos pieds ».

Le voyage, l'espace d'un récit, s'achève. Mais à l'instant même où le grand livre de l'Égypte semble se fermer, le soleil naît à nouveau sur le plateau de Guizeh, faisant renaître les pyramides, formes éternelles surgissant de la nuit. Et le grand voyage, celui de la lumière dispensatrice de vie dans l'univers entier, commence...

TABLE DES MATIÈRES

REMERCIEMENTS

Je tiens à remercier les autorités égyptiennes,
notamment Son Excellence le Dr Ahmed Kadry, président de l'Organisme des antiquités égyptiennes,
pour nous avoir accordé les autorisations nécessaires pour mener à bien ce travail ;
nos amis égyptiens qui, dans les campagnes comme dans les villes,
nous ont accueilli avec leur gentillesse proverbiale tout au long de notre voyage ;
enfin les membres de l'Institut Ramsès qui ont fait partie de cette mission
et en ont assuré le succès, Roland Droniou, Michel Lapidus et Bernard Trichet.

Achevé d'imprimer en juillet 1990
par H. Fournier, S.A. - Vitoria (Espagne)
pour le compte de la Librairie Académique Perrin